聚学文丛

孙　郁——

——著

# 表达者说

文匯出版社

# 出版缘起

曾子曰："士不可以不弘毅，任重而道远。"读书之事，乃名山事业。从古至今，文化事业需要一代又一代人的接续与传承。

"聚学文丛"为文汇出版社推出的一套文化随笔类丛书，既呈现读书明理、知人阅世的人文底色，也凝聚读书人生生不息的求索精神。

"聚学"一词，源于北宋文学家范仲淹的"聚学为海，则九河我吞，百谷我尊；淬词为锋，则浮云我决，良玉我切"（《南京书院题名记》），意在聚合社科文化类名家的治学随笔、读书札记、史料笔记、游历见闻等作品，既有丰富的精神内涵，又有独到的观察与思索，兼具学术性、思想性和可读性，力求雅俗共赏，注重文化价值，突显人文关怀，以使读者闲暇翻阅时有所获益。

文丛致力于文化普及读物的出版，在市场经济的环境中坚守初心，不随波逐流，以平和的心态，做一些安静的书，体现文化人的责任与担当，以此砥砺思想，宁静心灵。

书中日月，人间墨香。希望文丛的出版能为广大读者营造一处精神家园，带来丰富的人文阅读体验与感受。

文汇出版社

二○二四年四月

# 自序

　　"文章学"这几年在学界热了起来,最初是古代文学研究者深潜其间,后来现代文学研究者也注意于此,相关的言论已经不少。新文学的出现,是远离旧的辞章,向域外的文学学习的尝试,但也有许多人,坚持古老的文章之道,结合口语与翻译语,另寻新径,一些京派学者和作家的随笔,就是这样的。这涉及文脉的问题,在古风与时风之间,如何摄取其中的元素,也左右着趣味的走向。如今人们从"文章学"的层面回望汉语书写的奥秘,其实是古今互渗话题的延伸也说不定。

　　许多好的散文随笔,都是小说家、画家、学者写出来的。自然,也有例外者,像新疆的李娟,文章很好,那是天籁,与民国的作家萧红一样,常人难以企及。汪曾祺说他写散文"是搂草打兔子,捎带脚"。这说明他更看重小说的写作。不过,汪曾祺自己是研究过文章之道的,他的散文和小说在辞章上都有古风,寻常之中掩藏着六朝的飘逸和明人的散淡气。他也觉得,好的小说家,散文与随笔也不能马马虎虎的。

　　自从西学东渐,我们的汉语书写发生了很大的变化,主要是修辞功能与先前不太相同,周氏兄弟的文章好,就是旧式文章里融进了新音,句子和词组更为灵活,已经远离了桐城派的样子。所以,新文化运动以后,文章写得好的,差不多都是翻译家,他们以母语对应新的文章样式,表达自然就有所变化。记得夏丏尊在翻译日本作家国木田独步的作品后,有一篇后记,文章就很有磁性,意思在起伏的韵律中跳来跳去,美感就出来了。叶圣陶先生也喜欢翻译,他的散文也就别具一格,既避免了京派的书斋气,也无海派的散漫。他编辑过国文课本,知道行文的节制,没有词语泛滥的毛病。我过去曾留意过民国的散文史,谈及彼时的文章,除了周氏兄弟外,影响较大的还有废名、郁达夫、梁遇春等。比如梁遇春只活了二十几岁,却留下不少好的文章。他生前主张随笔写作不必太用力气,否则有堆砌之感。梁氏觉得胡适先生让年轻人用力写文章,其实有些问题,参之西洋作家的经验,文章是率性而为的,他对于兰姆的推崇,其实也有几分这样的原因。

梁遇春不愧是文章高手,本乎心灵,深味诗学,思想游走在中外之间,古今也不隔膜。他受到英国文学的影响,现代性的语义却不显生硬,那些谈莎士比亚等人的文字,看不到徐志摩式的欧化语义,倒是让人想起六朝的古风。所以废名就说出这样的赞美的话:

> 我说秋心的散文是我们文学当中的六朝文,这是一个自然的生长,我们所欣羡不来学不来的,在他写给朋友的书简里,或者更见他的特色,玲珑多态,繁华足媚,其芜杂亦相当,其深厚也正是六朝文章所特有,秋心年龄尚轻,所以容易有喜巧之处,幼稚亦自所不免,如今都只是为我们对他的英灵被以光辉……

不知为什么,后来的散文写作与随笔的写作,沿着类似的路探索的不多。到了四十年代,文章越发长起来,辞章变化很大,但思想却稀释了起来。延至九十年代,此风亦盛,大的历史散文和厚厚的历史演义,都颇流行了一时,但在辞章上有所创意的,还是有限。加之学术论文的写作与随笔作家增多,随意和粗糙的语言流行了起来。小说可以写史诗,散文随笔就不可以吗?后来的大的长篇散文流行，与此类风气有关。文章千古事，作历史的记载者，和时代精神的见证人，大概已经深入人心。

洋人的散文随笔，也各式各样，限于条件，我读得很少。印象里俄国的赫尔岑是能够写宏文的，《往事与随想》就包罗万象，思想与艺术之光流溢。巴金在六十年代后期翻译它，也有精神寄托在的。那一本书从少年写起，连带初各种革命风暴，不愧是一部鸿篇巨制。不过巴金自己的随笔都不长，没有去追踪自己心仪的作家那么泼墨为文。他晚年的《随感录》，就受到了赫尔岑的影响，但都是小小的随笔，故事简约，思想也是简约的。对比二者的写作风格，会发现，中国人似乎不会写这类厚厚的书，因为思维方式有点不同。张中行《流年碎影》是回忆录里有厚度的一种，但也是小品的连缀，并无小说家的故事叙述。而赫尔岑的书，却仿佛有小说家的著作，画面感与哲思纷至沓来。这大概与文化背景有关，赫尔岑的书是俄文与法文交织，思想也是反差性的转动。所写之事与所思之文，相得益彰。中国人的思维好似不太这样。我们看王国维的书和鲁迅的书，短章多一些，有点像小品文，背后的意思总还是与洋人有别的。

札记与感言的好处，是言简意赅，不被宏大叙述所累，这是优点。另一方面，不言之言也在其中，有隐喻意味也说不定。傅山的文章，都在千字之内，好像含着无量之思，和他的书法一样，是滋味无穷的。知堂一辈子都是短文，大抵觉得该说的也都在几句话里，不必一一道之。但有的时候，也觉得是埋藏些什么，要将真话隐去。这或许也是戛然而止的原因。过去有人说是一种消极，但作者自己以为未尝没有愤世之处。所以中国文章要带一点捉迷藏意味，但看字面，不易都知道的。钱锺书《管锥编》一些词条，好像也是这样。

钱锺书晚年写作，为什么选择了文言而非白话？说起来就有多种解释。我个人认为，是有意抵抗流行的书写吧。他对于新文化运动以来的一些文字表达，似乎一直有所不满，趣味是学衡派的。学衡派的文学主张，是反对进化论，以为古代的旧文学与旧思想，自有存在的理由，不可淹没其价值。这对于新文化人的进化的文学观，是一种纠正。现在的学界，大抵是认可这一点的。不过学衡派的一些老人，文章大多不行，有学术抱负而无审美才华，可是钱氏不同，他既不标榜派别，也不喊什么口号，是默默行走在文化的路上，文章也高于学衡派的人。学识有之，文笔亦佳，就显得洋洋乎壮哉。他给我的启示是，不能默守一方，当环顾上下左右，且深挖一块土地，方能站得稳，又看得远。可惜这一点，我们这代人很少有人做到。

这一本《表达者说》，是旧岁的一点痕迹，不过心境的记录，十多年前曾以《写作的叛徒》为名出版过，现在重新编订，又增加了许多篇章，样子与过去略有不同。写作带出职业腔，是不好的，我自己也不能免俗。有时也希望自己能够摆脱旧的积习，不在惯性的路上走。但似乎一直没有离开旧径，蹒跚间都是老气。这也使我常常厌恶自己的表达，觉得平庸者居多，也有生硬的痕迹。巴金曾希望年轻人敢于讲真话，要有情怀，看似简单的道理，做起来是很难的。克服自己的惰性，并敢于正视虚伪的作态和虚伪的表达，在今天已经是不轻的工作。

二〇二四年六月二十一日

# 目 录

# 冲绳的鲁迅语境

日本是一个难以读懂的国度。十几年前我第一次去东京，才知道东瀛的现代并非书本说的那么简单。多年后去北海道与长崎，对这个国度的历史有了点感性认识。印象里一切都显得平静，但内中一直纠缠着现代性的矛盾，在东方与西方之间，那座沟通的桥梁其实很脆弱。这个看法的深化缘于今年的冲绳之行，意识到日本各民族记忆的复杂性。先前对日本的想象便改变了许多。从一些作家、艺术家和学者的文字里，我读到了另一个日本。

大江健三郎有一本《冲绳札记》，写的是对战争记忆及日本的责任问题，读起来随着其文字如入湍急的河流，精神被洗刷了。那是日本的忧郁。在对战争遗留问题的看法上，本书激怒了右翼分子，起诉他的官司至今没有结束。《冲绳札记》是日本现代史的另一种记忆，冲绳自身的问题也是日本的问题、东亚的问题。我在此读到日本知识界异样的声音。在日本，只要谈对冲绳的看法，大抵就可以看出其基本的精神走向。这个敏感的话题，在许多人那里还是一个盲区。

冲绳亦称琉球。乾隆二十二年（1757）出版的《琉球国志略》对其有诸多有趣的记载。琉球古国与中国、日本有复杂的关系，研究东亚史的人，对此都有兴趣。《隋书》里说该国人"目深长鼻，亦有小慧"。那语气乃大中华主义的，可见彼时中国人对其居高临下的态度。《琉球国志略》说，明洪武五年（1372），中国开始"遣行人赍诏往谕，而方贡乃来"。我们现在看明清两朝皇帝的诏敕、册封的背后是精神的怀柔。后来派遣赴琉球的使者留下了许多关于该国的诗文，从护国寺、波上寺、普门寺、孔庙、关帝庙等旧物中，能依稀感到中华文明的辐射。在宋代，日本已经开始涉足琉球，与其亦有深的关系。不过从明清文人留下的文字看，琉球在深层的领域，是一个独特的文明。他们的神灵崇拜及礼仪中的本土特点，在日本与中土是鲜见的。

自一八七九年琉球被并进日本，汉文明在此被另一种文化形态所取代。只是到了第二次世界大战后，中国的文化又一次悄悄进入这个地方。冲绳人不再在儒家的语境里思考问题，那里的知识分子的情感方式与中国的知识分子的革命性倾向倒是接近的。

我去冲绳是在年初，为了了解那里的历史，手里带着胡冬竹所译的《冲绳现代史》。那里已没有一点《琉球国志略》里的诗意，紧张里的焦灼和忧患燃烧着。阅读《琉球国志略》时，会生出一种好奇心。原始信仰与和谐的民风吸引你有一种造访的冲动。而《冲绳现代史》完全变了，死亡与抗争气氛下的各式人生，纠缠着一个民族的辛酸史。理解冲绳的近代，自然必须阅读新崎盛晖教授的《冲绳现代史》，那里远离着古人诗文里的沉静与高古。一九四五年，美军在冲绳与日军进行了残酷的血战，这是二战中两国唯一的地面战。日本军官下达"军官民同生共死"的命令，无数百姓被绑架在死亡的战车上，人们被强迫集体自杀，其状之惨，为东亚所罕见。美军占领之后，冲绳陷入苦难的大泽，人们一直在抗议里度日。无论知识界还是民众，抵抗运动已成了他们生命的一部分。

一九四五年，冲绳被美军从日本割裂开来，直到一九七二年才"复归"日本。人们对自己身份的丧失以及帝国对自己的出卖无比愤恨。他们多年来一直在追问着战争的责任。而严酷的事实是，现在他们还在美军的控制下，战争的影子从没消失过。

二十世纪四十年代，马克思主义小组在这里出现。到了战后，竹内好翻译的《鲁迅选集》十四卷本开始在此悄悄流行。鲁迅文本给这些没有祖国的文人以意外的鼓舞。他们从其间也读到了自己的苦楚，觉得自己的现在也正是奴隶的生活。鲁迅不顾绝望的挺身的选择，乃黑暗里的一线光明，那么深地辐射在这个岛中。自从孔夫子的理念波及于此后，鲁迅大概是第二个被久久喜爱的中国人。一大批民间思想者在支撑着六十多年的艺术。而这些艺术的核心精神与鲁迅密切相关。

民间的集会与读书活动还伴随着创作的研究。从一九五三年琉球大学的《琉大文学》开始，暗暗地流行着鲁迅的语录。一些地下刊物的文字里，经常出现鲁迅作品的片段。他们从这位中国作家的思考里找到了走出绝境的参照。

冲绳的知识分子没有做鲁迅的学院式研究，他们把鲁迅的灵魂镶嵌在自己的血肉里。这里出现了两种力量，一是向后的力量，通过寻找旧我而确立自己的身份。那不过是祖先文明的发掘，失去的记忆的打捞。人们自觉地恪守着破碎的遗产。一是对现实的抵抗。前者是对迷失的历史语境的召唤，后者意味着从压迫里解放的信念。他们在回溯历史与直面历史中，寻找自己的现实角色。因为在他们看来，失去了本土文明与丧失直面苦难的勇气，都是一种罪过。

我在冲绳看到了许多古迹，那都证明了与中土文明的关系。可是在所接触的友人中，中国现代文学的影响是那么深，这是先前没有想到的。最具有象征意义的是佐喜真美术馆的存在。这座美术馆矗立在美军基地铁丝网旁，我去那里，有了意外的收获。馆长佐喜真道夫是一个憨厚可亲的琉球汉子，收藏了大量的珂勒惠支的版画作品。这个反战画家的作品成了馆藏的珍品。连带上丸木夫妇的反战绘画，在此成为主调。

佐喜真道夫收藏珂勒惠支版画的背后，有许多故事。他祖籍琉球，生于熊本。小时候熊本的孩子总骂他是"琉球猴子"。这种记忆使他后来有着强烈的回归故土的愿望。然而故土已经沦落，无数冤魂与血迹，在他那里抑制着呼吸。二十世纪六十年代，他还在大学读书的时候，便被鲁迅的文字所吸引。那些小人物的命运，人与人的隔膜，以及不屈服的反抗的意志，像暗夜里的火把，吸引着这个失去故土的人。在故乡，无数人死于非命，也有无数人沦入苦境，但谁为之代言呢？当读到鲁迅介绍的珂勒惠支反战的作品时，他惊呆了。一直希望找到那些原作。对故土而言，珂勒惠支的悲悯、大爱、忧伤而不屈的内心，是多么亲切的存在。在死亡与反抗中的神思，也似乎是在替着美军基地边的贫民哭诉着什么。

鲁迅对珂勒惠支版画的介绍文字，曾令他着迷。那些鲜活的文字久久地吸引着他。由于对珂勒惠支的喜爱，他找到了许多心爱的朋友。佐喜真道夫觉得没有谁的作品能像珂勒惠支那样吐露出冲绳人的心声。那些对死亡、暴政的控诉，简直是故土人的一种无声的表达。一个偶然的机会，他与画家丸木夫妇相遇了。这对夫妇一生从事反战的艺术创作。他们把冲绳作为精神的起点，反顾着二战以来的历史。丸木夫妇战争题材的作品有着忧伤的旋律，创作过《原子弹爆炸图》《南京大屠杀》《冲绳之战》等。佐喜真道夫收藏了二人大量的作品，尤以《冲绳之战》而闻名。这两位老人的画作充满了惊恐、死灭和亡灵的歌哭。几十幅巨画，完全被地域般的幽暗所笼罩。据说他们曾到中国去过，鲁迅作品的原作曾感染过他们，在这些画面里，鲁迅当年控诉的杀戮及血河里阴森的冤屈，悲壮地流着。珂勒惠支的版画是低缓的夜曲，有独吟的苦意；丸木夫妇的作品则是冤魂的合唱，在错乱的散点透视里，跳跃着哀凉。他们不安的、苦楚的笔墨流淌着几代人的哀怨。

当珂勒惠支等人的作品已悄然无息于中国的时候，古琉球的土地却回响着它的余音。似乎在和那些死去的亡灵一起，对峙着美军基地。冲绳人替法西斯与帝国主义牺牲了无数民众，他们殒命于人祸。在失去身份的年月为日本承受着痛苦，这是那里的人所难以接受的。而珂勒惠支遗作的到来及丸木夫妇的墨迹，在诉说着沉默的大多数的凄苦之音。

相关的故事真的太多了。

我在冲绳认识了仲里效夫妇。仲里效是一位出色的批评家，自由撰稿人。他在二十世纪六十年代就悄悄地阅读鲁迅。自从与竹内好的译文相遇后，他说自己人生的路就确立了，此后一生都生活在鲁迅的影子里。一九七二年初，在冲绳"复归"日本的前几个月，他和几个朋友跑到中国，沿着鲁迅生活过的路线走着。这几个琉球人不希望自己的故土移交日本管理，却面向着中国，期盼得到一种精神的声援。到达上海时，与几个中国文化工作者讨论鲁迅，希望听到关于鲁迅的新的解释。但回答却很让仲里效失望。因为那时候人们对鲁迅的理解还在单一化的语境里，仲里效感到，鲁迅精神绝不会像接触的几位中国学者想象的那么简单。可是二十世纪七十年代没有几个中国人知道对岸的冲绳人是多么渴望深切的交流。

那时候他在编辑杂志，在刊物的显要位置上，就印有鲁迅的话。年轻的妻子帮助他刻蜡版时，好奇地问他鲁迅是谁。仲里效悄悄地诉说着这个中国作家的名字。他那时的心境，被鲁迅完全占有。他默默地吟诵着《野草》里的诗句，那些不安、痛楚及穿越死亡的生命的热流，直穿心底。多么辽阔、伟岸、神异的世界！冲绳人在那个繁复幽深的世界，找到了克服苦闷的力量。此后他写电影评论、美术评论和戏剧评论，对故土的文学作品进行阐释，内中一直贯穿着鲁迅的批判意识。对仲里效这样的民间思想者而言，鲁迅的价值不是仅仅在学问里，而是有一种觉世的力量。这个民间思想者在孤独里面对着历史和严峻的现实，鲁迅当年的叙述语态多少在他那里复活了。

一切都在秘密中进行。各类反抗的集会和沙龙约谈，那么有趣多致地展示在他们的生活里。他和几个朋友结成沙龙，一起研究冲绳的命运。当政府把无辜受害者与日军死者的纪念碑放在一个园地的时候，他就发问：这是不是在美化日军的历史？日本人对战争真的反省了吗？许多文章背后的复杂盘问，不都是简单的受难者的诉说，还有民族主义之外的人性的拷问。在他的大量文章里，时常能够看到鲁迅式的峻急。

仲里效与佐真喜道夫周围的艺术家很多。那一天，我参加了他们的一个聚会。地点在比嘉康雄的故居。比嘉康雄是著名的摄影家，已去世多年。他一九三八年生于冲绳，在东京写真学校受过教育。先生对古代琉球的遗风有相当的研究，用自己的镜头忠实地记录了各个岛屿的习俗和渔民的生活。作品很具穿透力，在黑白对比里，琉球消失的灵魂一个个被召唤出来。重要的是，这位已故的艺术家真实地记录了二十世纪四十年代以来冲绳各类反抗的活动。他的镜头颇为传神，琉球人幽怨、不安、决然的面容都被生动地记载下来。这使我想起新崎盛晖在《冲绳现代史》里所记载的"反'复归'、反大和"的章节。思路是如此接近，而意蕴也被置于同一个调色板里。那一天来了许多当地文人。除了佐真喜道夫和仲里效外，有诗人高良勉、摄影家比嘉丰光、教师安里英子等。他们用琉球语写作，唱琉球的古歌。诗人高良勉看到中国的客人，高声说："今天不是日中会谈，而是琉中会谈。我们的心向着中国。"

没有想到在安里英子的手里看到她收藏的鲁迅编辑的《珂勒惠支版画》，她对此有很深的研究。琉球大学有多人研究过珂勒惠支，自然也研究中国二十世纪三十年代的艺术。那些研究的问题意识差不多都缠绕着战争后遗症的焦虑。最有意思的是那些研究者与民间艺术家的互动，他们的沙龙活动，有着对古琉球历史的承担。诗人高良勉那天把一九六九年购买的《鲁迅文集》拿出来与我讨论，诗人是典型的琉球人，黑皮肤，大眼睛，说话幽默爽朗。他说二十世纪六十年代，当琉球还没有"复归"日本的时候，自己拿着护照到日本留学。当时学潮很大，校园被封住，没有回学校的路。于是把一学期的费用全部买了十几卷的《鲁迅选集》。他从鲁迅的文字里找到内心的呼应。一切都那么亲近，仿佛早已是朋友。他用笔在书中画来画去，记下重要的片段。他说鲁迅把自己孤苦的心激活了。一个不甘于沉寂和奴性的人，才是真的人。他写大量诗，也有评论。意象取自琉球的歌谣，还有杜甫与鲁迅。故乡的血腥记忆在这些对白里被一次次激活，那些含泪的目光和无辜者的遗骸，成了他挥之不去的存在。

在冲绳，许多艺术的展览都意味深长。内容也多在鲁迅精神的延长线上。比如，佐喜真美术馆的上野诚展、洪成谭展，流着二十世纪三十年代中国"一八艺社"的影子。上野诚是在鲁迅学生刘岘的启发下注意到珂勒惠支，而韩国的洪先社生的木刻直接模仿了鲁迅的学生。在佐喜真道夫的眼里，这个线索也是冲绳的反抗精神的线索。他们需要这个精神脉息。古老的琉球传统在这些新的艺术的召唤下，会发生变化是无疑的。

从佐喜真道夫的选择里就能看到古琉球人的大度与开放。他的心向四方洞开着。那些韩国人、中国人的艺术活动，在他眼里都属于他们反抗精神的一部分，也属于自己内心的一部分。他们思考东亚问题、全球化的问题，都是紧张感下的选择。那天在美术馆举行的研讨鲁迅的会议上，来自韩国的学者李静和讲到朝鲜半岛的现状，极为忧虑。那些沉重的话题唤起了周围人的共鸣。无论是中国还是日本、韩国，文化中的主奴现象，恰是焦虑的原因。而鲁迅当年在无望中的选择，那种在没有路的地方走路的勇气，唤起了人们自己成为自己的渴望。

在胡冬竹的引见下，我见到了新崎盛晖先生。这个冲绳大学的前校长温和得很，我谈到了对他的《冲绳现代史》的印象。他突然有了一种腼腆的笑意，似乎从未经历过书中惨烈的景象。我意识到了这里人的原色。古代中国文人说这里"国中无名利萦心之累"，那是对的。我们的前人还说他们"能耐饥寒，任劳苦，尚血气"也是对的。新崎盛晖的作品就有刚烈之音，而为人则是静谧里的微笑，是感人的。我们在与新崎等人的交谈里感到，冲绳有着当下东亚其他地区所没有的另类的焦虑。他们的焦虑是双重的。这里有对自己存在身份的追问，还有被占领的愤怒。在军国主义与帝国主义的双重受害里，至今无法摆脱冷战的痛苦。左翼文化在此长期的延续，恰是现实的写真。只要睁开眼睛，就不得不面对杀人武器的面孔。朝鲜战争、越南战争、伊拉克战争时期，美国飞机都从此起飞。在这些知识分子看来，不抵抗就意味着罪过。而这样的选择，就把他们的命运与全球政治搅动在一起。冲绳的抵抗其实是全球弱势存在挣扎的象征。而这不是一般日本民众能够真正理解到的。在日本群岛中，冲绳人把二十世纪五十年代的左翼脉息延续了下来。

几十年间，我接触了十几位日本的鲁迅研究者，深感他们的研究背后的渴望。但冲绳人的鲁迅观使人触摸到生命的体温，有汩汩的血性的喷涌。在冲绳，那么多人对鲁迅的喜好，受到了竹内好的理论的影响，感到了追问下的反抗，可能是摆脱自身焦虑的途径。竹内好的鲁迅观，恰和近代亚洲的悖谬联系着，那是精神深处的力量的突奔，曾在寂寞的日本知识分子那里回荡不已。冲绳的鲁迅传播是另一种方式的，他们从自己的生命体验里，延续了亚洲现代性的悖谬。在大量的摄影作品和诗文里，能够感到无言的愤怒。所谓国家、正义美名下的历史符号，在冲绳知识分子看来乃一种罪的开启。开朗的古琉球遗音在近代遭遇了厄运，他们看到了周边存在的虚妄。如今听到琉球民歌，那些清亮、婉转的旋律，是辽阔精神的展示。冲绳人意识到自己要生存下来就必须保持这样的辽阔。近代以来的各类外来力量，在扼杀着自由的空间。天空被占领了，海洋被限制了，家园旁是漫无边际的铁丝网。六十余年间，他们向着中国洞开的窗口被遮挡。祖先的自由交流的洒脱只成了一种追忆。二十世纪九十年代，一些古琉球的精神的寻找者组成了长征的队伍。他们从中国的福建长途跋涉，历时两个月徒步进入北京。明清两朝时期，琉球人就是这样走到北京接受册封的。在今天的冲绳人看来，祖先的选择乃一种明达的神交。互相敬重，和睦相处，乃是国与国、地域与地域间交往的佳境。而近代以来，这一切丧失掉了。

在冲绳的一周采访，一直像在梦中一般。二十世纪冷战的痛苦，至今还在这片海土里。那里的艺术家们不为艺术而艺术，不在小我的天地间。他们不在意艺术的永恒性，而是一直关注着那些被凌辱和被摧残的同胞，而且放眼关注世界上的反叛类型的文字，凡是直面强权的文字都很喜欢。诗人高良勉说，我们因为受难，而与鲁迅相逢；我们相逢，因为鲁迅而成为朋友。

鲁迅之于日本，是个复杂的话题，从东京到冲绳，对鲁迅的理解是在不同的语境里。竹内好、丸山升、伊藤虎丸、木山英雄、丸尾常喜都以学者的智慧与鲁迅默默地对话。那些深切的词语，更多的是盘绕在书斋里。如果说竹内好的视野还在生命哲学的层面，那么不妨说，冲绳人的鲁迅观是行动的艺术，鲁迅是他们直面奴役的参照。《呐喊》《野草》的声音不是回荡在课堂里，而是在抗议的前沿和民众的运动中。我们近年来的鲁迅研究，可惜都是观念的演绎，社会运动里的鲁迅被弱化了。其实，在中国的第一次国内战争与抗日战争里，鲁迅的声音是响在前线的。冲绳的记忆唤起了我对百年历史的再认识，那些没有文字记载的经验在今天看来显得弥足珍贵。像大江健三郎的立场，未尝没有鲁迅的情结，他是从书斋里走出的知识分子。大江健三郎对冲绳人的声援乃一种良知的外化，他知道沉默地面对邪恶，亦是一种罪过，说出来与走出来，才是知识阶级的选择。我想，新崎盛晖的著述也好，比嘉康雄、仲里效、佐喜真道夫、高良勉也好，他们都是活的冲绳的姿态。反抗的文化不是简单的概念的游戏，而是生存焦虑与自由选择的苦路。不曾深味苦难的人，奢谈左翼亦流于口号的罗列，而冲绳人的历史似乎都在证明：反抗的路，是一切不甘于奴隶的人的选择。我们这些远离现实的异国人，有时要读懂他们，也并不容易的。

二〇一〇年六月二十六日

# 被分解的鲁迅

　　谢谢哥伦比亚大学诸位友人的盛情，使大家有了一个对话的机会。

　　关于鲁迅，中国和日本的反应有些相似，有一个学院派里的鲁迅，还有一个普通读者眼里的鲁迅。前者把鲁迅放在一个知识体系里，越来越精英化和知识化，后者大概和日常的体验有关。自从网络活跃以来，我们能从这个天地间感受到多样的声音。自然，学术研究的鲁迅与民间读者眼里的鲁迅，在彼此的碰撞里也有相互影响的时候。总的来说，鲁迅在不同群落的形态，构成了他的接收史的多样性特征。

　　不久前，大江健三郎到鲁迅博物馆参观，我陪同他看了许多鲁迅的遗物。那天的交谈内容很广，想起来令我难忘。大江谈到了自己对鲁迅的理解，很是深入、恳切，有着内心的相通。比如，对鲁迅小说《狂人日记》《白光》的理解，有着作家的慧眼，能抓住隐曲里的闪亮处，不能不让人佩服。而对《野草》里的希望与绝望的阐释，是有自己的鲜活的生命感受的。他和鲁迅文本有着天然的契合处，连对文字间气息的判断都是亲昵的，几乎可以说是极为聪明的体味。这是一般学院派里的读者做不到的。作为一个日本作家，他对日本知识界的鲁迅研究情况一无所知。那天，他问我日本都有谁的研究著作可看，我列了一个名单。他很好奇，想回去看看这些人的著作。我那时想，大江那么喜欢鲁迅，其出发点和学院里的教授有什么差异吗？想了想，还是有吧。他们各自读解着鲁迅的文本，可能考虑的都是内心急需解决的问题，或者不妨说，是通过鲁迅这个参照，考虑自己面临的精神难题也是对的。

大江的创作在多大程度上和鲁迅有关，我不敢深说，因为对他的书读得太少。可是我看他一些随笔和小说里的忧思及批判意识，和鲁迅有共鸣的地方是可以肯定的。我联想起日本学界的竹内好、丸山升、伊藤虎丸、木山英雄等人的学术著作，和大江的角度不同，但精神境界的相似是无疑的。大江大概是从个体生命的律动里展开自己的思想之旅，其间伴随自己的就有鲁迅。而丸山升等人拥有的是一段历史，他们是在回望过去与创造今天时清醒地意识到文化选择的是与非。大江没有借用学者们的思考，恰是鲁迅资源的广泛辐射所致，有了皇皇巨著在，自己的走进比什么都重要。面对鲁迅，只有个体的真实才是重要的。

问题是，无论在思想界还是创作界，鲁迅给日本人的作用都是存在的，呈现出两种方向：一是作为民族批判的参照与价值走向；一是个体人的存在方式。大江对二者都有考虑，而作为个体的生命的存在，鲁迅的相伴可能更有意义。我注意到他对战争的态度和对民族主义的看法，都很特别，他把鲁迅内化到自己的血液里，使自己成为日本的批判者与独行者。他还从其他资源里获得支持，思想的开阔是别人不及的。

我由此想到中国的鲁迅接受中的不同格局，大致说来，有一个学界的鲁迅，民间的鲁迅，还有一个历史中官方意识形态里的鲁迅。学界的鲁迅，在坐的大概了解，不想多谈。民间的鲁迅与意识形态里的鲁迅是很值得深思的现象。以莫言、张承志为例，他们对鲁迅的解析，是以自己的作品的形式出现的，极具精神的穿透力，比起学院化的研究，是质感强烈的。还有无数民间的鲁迅粉丝的阅读小组，比如于仲达等基层职员的学习沙龙，对鲁迅的理解都非知识化的，而是日常行为的互动。他们更看重日常生活的鲁迅对今人的价值。

值得注意的是，那些自由职业人对鲁迅的读解，在社会的反响很大。二〇〇五年，我邀请画家陈丹青到鲁迅博物馆演讲，那天人很多，他的《笑谈大先生》被钱理群誉为当年最具穿透力的鲁迅研究文章。陈丹青对鲁迅研究历史与现状几乎一无所知。但他讲的那个鲁迅是极为鲜活的。比意识形态下的那个鲁迅与学者眼里的鲁迅更具有生命感。从鲁迅的好看与好玩来进入话题，联系历史，有诸多闪光之处。那些呆板的学术叙述与政治说教，在他的叙述里显得矮小了。

近几十年间许多民间的声音，响着鲁迅的精神旋律。木心在《南方周末》写过一篇关于鲁迅的文章，从文体的角度切入主题，颇为有趣。邵燕祥的随笔批判色彩很浓，令人想起《准风月谈》《南腔北调》一类文字。像莫言这样的作家，在小说《酒国》里，昭示着与《狂人日记》相近的主体，其惨烈之状，令人过目难忘。有的从这位先驱那里得到偏激的激流，有的变得深情致远。在诸多五四传统里，这个传统的力量从未消失过的。

中国作家血液里流淌着鲁迅的因子是个无须证明的事情。我觉得作家的写作倾向里流露出的鲁迅意象，其背后的复杂的隐语，比学者们的独思一定是有趣的。我想日本的情况也许是这样的。不过中国作家的鲁迅情结，和近三十年的社会变迁关系很大。林斤澜、邵燕祥、张承志、刘震云等人的写作，不能走出的也恰是鲁迅的背影。像林斤澜这样的作家，就意识到用本质主义的方式写作存在的一些问题。他喜欢鲁迅《野草》里的隐晦的表达方式，不愿意在自欺里走进幻象。邵燕祥坚持批判理念，其喷血的声音保持着良知和爱意。张承志的幽远的情思和独往的自语，延伸了五四的一些话题。

至于书法界对鲁迅的推崇与美术界的认可，那就显得更为有趣。中国许多民刊的封面题字都是集的鲁迅字句，内中谈笔墨之情与美术创作的文字，可玩味者颇多。从吴冠中、张汀到木心、陈丹青，都是鲁迅的追随者。美术界的鲁迅，有着文学界的鲁迅不同的一面，赵延年的木刻就是鲁迅文字的另一种表达。他的刀法里的哲思，乃从《野草》《呐喊》里来。陈丹青一些愤世的绘画，在色调上有着《坟》的突奔，在构图与笔意里，是冷观世界的惆怅。我还读过木心的作品，他的绘画在韵致上反程式化，流动的意象在灰色与亮色里闪烁不已。他们都有自己的不同的语汇，但无意间得到鲁迅的暗示是显然的。在这些人的绘画里，我们总是可以联想起鲁迅这个人来。一个作家能给美术家如此丰富的暗示，在先前的中国是少见的。

只有从各个角度来看鲁迅的传播史，才能更深切地感受到鲁迅的意义。研究者应当注意这种文化生态。鲁迅与现代中国的多维的关系，其实有我们文化里的焦虑与渴望。

许多学者其实已经看到在青年中普及鲁迅思想的意义。钱理群分别在北大附中、南京师大附中为青年学生讲授鲁迅课程，鲁迅博物馆把鲁迅读书生活展送进学校和社区，也有很好的效果。中学教学里的鲁迅有很大的问题，几乎破坏了学生的阅读兴趣。如何从学生中间解释鲁迅，一直是个有挑战性的工作。

鲁迅在中学里的传播基本是失败的。学生与老师多难以愉快地面对这个历史人物。问题出现在我们在用鲁迅最厌恶的方式看待鲁迅。其实把复杂的思想简单化，将反逻辑的精神之光逻辑化。比如，鲁迅不喜欢永恒、不朽的话题，但老师们要用永恒不朽的方式解读文本；阿Q的意味不仅是国民性的问题，还有对生命的奴态俯视，以及人的命运的哲思式的打量；《祝福》仅仅是对女性的悲悯吗？是不是也有对读书人"我"的反思性的扶心自食？复杂的文本只能小心地阅读，复杂地打量。可是在本质主义的视野里，是无法瞭望到一个多姿的、悖反的世界的。

每一个渠道里的鲁迅，都存在自己的特点。不同渠道里的形象都是被分解的形象。二十世纪五十年代到七十年代中旬，意识形态的力量下的文学自然是政治的一部分，用三十年代的路线斗争考察文学，就把丰富的历史窄化了。直到八十年代，鲁迅也没能摆脱政治因素的进入，实在因为他的思想里也有浓郁政治因素的缘故。九十年代开始，关于鲁迅的各种争论，实际上是对泛意识形态化的话语的疏离。那些不满鲁迅文本的青年固然对作品了解甚少，主要的原因是，厌恶对鲁迅的解读方式。鲁迅的被质疑不是他的审美的特点的问题，而是如何被利用，成为意识形态符号的问题。在自由主义思潮席卷的时候，鲁迅被另一种思维所裹挟，胡适的价值似乎比鲁迅更为重要，胡适还是鲁迅的追问，其实就是有一个清晰的目的：摆脱前者而趋向后者。

这种思维方式恰是鲁迅过去排斥的方式。依傍什么和放弃什么，是奴隶的选择。鲁迅精神的深处有这样的特点：那就是对一切选择的警觉，他在选择什么的时候，又在警惕不要成为选择对象的奴隶。可惜研究鲁迅的人常常成了鲁迅的奴隶，或者是鲁迅对立面的奴隶。自然，人们在阅读鲁迅时有不同的看法，折射着时代思潮的特点。在不同领域的不同解释里，证明了鲁迅的不可超越的价值。但鲁迅被分解的过程里，存在一个问题。每一个解析者都是从自己当下的感受和问题意识里思考历史，他们或从专业理念或从信仰的角度打量世界，与鲁迅的原态未尝没有距离。鲁迅思想里有政治的因素，也有超政治的情思；有个人主义意识，也有普度众生的悲悯情怀；有黑暗绝望的惊悸，但亦多不满于绝望的探求；他有士大夫式的审美偏好，可是在内心深处却出离了自恋的赏玩之路，进入批判理念和强力意志的世界。鲁迅被不同视野的观照是一个接受史的话题，现在应当有一个综合的问题——片面地把握固然是一种选择，但在最根本的层面，我们缺少进入鲁迅的一种学术准备和智慧能力。他的被不断述说和引用，与我们文化的起起落落都有深切的联系。

在多媒体的时代，鲁迅的传播成为一道迷离不清的景观。他还在被述说和演绎着，毫无终止的迹象。从这个巨大的存在来找寻我们的历史里的新的智力增长的潜能，今天也许还未必有新的实绩，未来的丰富性解说及精神的转化，可能出乎我们的意料。因为，鲁迅深度世界的因子，我们还没有完全弄清。后人可能比我们更能看清那些逝去年代的蛛丝马迹。

（本文刊发于《当代作家评论》二〇〇九年四期，是二〇〇九年二月二十一日在哥伦比亚大学的演讲稿。因为时间限制，当时只发表了一部分。回国后对发言进行了补充整理。）

## 在鲁迅的暗区里

　　二十多年前，我和高远东在一个研究室工作。那时候人们喜欢清谈，周围各类沙龙十分活跃，可是几乎都找不到他的影子。他的文章不多，一个人躲着读《周易》、鲁迅、金庸之类的书。偶和同事见面，语惊四座，神秘的玄学一直罩着他。直到他在《鲁迅研究动态》发表了那篇《〈祝福〉：儒道释"吃人"的寓言》，人们才发现了他的杰出的才华。我读了那篇论文，很长时间不敢去碰鲁迅，因为自知没有相当的功夫，是不能从容地解析那个世界的。

　　对于他的著述我期待了二十年。这期间偶能看到他在杂志上谈论鲁迅的文章，都阅之再三。高远东的文字是有着穿越时空的回旋感的。从二十世纪八十年代开始，他思考的宏大问题从来都是在细节上开始的。他看文学原著，都不愿意简单地停留在价值判断上，而是从文化的血脉里整理其复杂化的存在。新出版的《现代如何"拿来"——鲁迅的思想与文学论集》，真的让我驻足久久，暗生幽情。八十年代以来形成思维惯性，在他那里被另一种思路代替了。我曾经想，讨论鲁迅也不妨多一点野性或文艺学科以外的东西，我们现在的研究大多被学科意识所罩住，同语反复者多多。大凡有奇思新意的，都不在这个范围。

高远东之于鲁迅，暗示着二十世纪八十年代末以来诸多文化难题的汇集。他开始起步的八十年代的诸多精神题旨，在九十年代与后来的岁月越发棘手与扑朔迷离。在冷战结束与诸种新思潮弥漫的时候，如何面临抉择，一直困扰着他。也缘于此，他从鲁迅资源里寻找当下语境里属于自己的东西。不仅在回溯着原点，其实重要的是他发现了鲁迅世界的一种复杂结构下的心智情绪。鲁迅研究的最大问题是研究者一直在远离鲁迅的语境来讨论鲁迅。在高远东看来，"选择鲁迅还是胡适"，就是非此即彼的冷战模式。比如，自由主义与左派谁更重要，是封闭语言环境里才有的疑问。人们多年来一直在用鲁迅最厌恶的语言讨论鲁迅，这是青年一代远离这个前辈的很大原因。我以为他不同于同代人的地方在于，他的思考恰恰是从颠覆这个思维模式开始的。他解析其小说，梳理青年鲁迅的文言论文，参与现代性的讨论，根本点是找到鲁迅的那个回旋式的语言逻辑点。鲁迅在肯定着什么的时候，同时又在提防着什么。在走向近代化时又反抗近代化的黑影。最早是汪晖从哲学的层面发现了这个问题。但汪晖没有来得及从更深的层面继续自己的思路，而高远东却从多样的精神载体里，找到了面对鲁迅的视角。鲁迅是如何从古文明里出离，如何再进入对古文明的改造；如何在确立"内耀"的同时，又关注"他人的自我"；如何在建立现代小说的规范那一刻又冲破了这个规范？回答这个问题用了作者二十余年的时间。这期间，他的思绪从西洋近代哲学到古中国的先秦哲学，从五四回到当下，从俄国经验回到中国现实。他惊奇地发现了鲁迅精神结构的一个链条，那就是在"立人"的情怀里的"互为主体"的思想。这不仅回答了新思潮对鲁迅的挑战，也回答了一些浅薄的左翼人士偏执理念的诸种提问。这是高远东不同于前人的地方，他终于在复杂性里找到一个解析鲁迅的话语方式。

在高远东那里，一是不断从当下的问题意识里寻找与五四启蒙传统的对话形式，一是从鲁迅的小说与杂文文本里爬梳其精神的另一种可能性。前者不得不回答自由主义与后现代思潮的挑战，他从未将鲁迅传统与胡适传统简单地对立起来，而是把他们视为文化生态的两翼。"鲁迅是药，胡适是饭。"这个通俗的比喻又用来形容社会主义与资本主义的各自价值。这就和各类流行的思想隔离开来，有了自己独立的声音。后者则从知识界的分化里，发现新的知识群落的悖论。比如，后现代论者急于颠覆启蒙以来的理性逻辑，但又想建立自己的逻辑，这个逻辑恰恰是他们在出发点上要否定的存在。历史正重复着五四前后的景观。人们在呼唤建立什么的时候，又开始丧失着另一种资源。

而鲁迅绝不是这样。高远东在一种当下的焦虑里，进入了对鲁迅的深度读解。他发现鲁迅在面临那个年代的话语氛围时，一直持一种冷静的批判姿态。即常常从流行的确切性的话语里发现他们的悖论。而他的一些思考其实就是要穿越这个悖论。高远东从鲁迅早期的文言论文《破恶声论》里，发现了鲁迅思想的重要资源。《鲁迅的可能性》散出的思辨力，在我看来是他的思想成熟的标志。

《鲁迅的可能性》解释了"主体性"与"互为主体性"的逻辑过程。特别是"互为主体性"的提出，是继

"立人""中间物"意识之后，一个重要的发现。鲁迅思想原点的这一个元素的发现，为真正还原棘手的价值难题创造了一种可能。鲁迅不是在"是"与"不是"中讨论主奴的关系，而是在强调"立人"的过程中，绕开社会达尔文主义的简单逻辑，把"主观""自觉"发展为"反诸己的内省"。高远东写道：

> 我不知道鲁迅的批判除了针对晚清中国立宪派的"国民说"外，是否也包含着对明治时期以来日本思想的某种观察在内，那时的日本刚经历日清、日俄两大战争，但之前思想界就忙于"脱亚入欧"，把西方殖民/帝国主义的逻辑合法化。像福泽渝吉从"民权论"到"国权论"的转向就是一个例子；而战败的中国一方，甚至包括革命党人等"中国志士"在内，羡慕"欧西"的强大和日本弱肉强食的成功，不惜接受社会达尔文主义的文明逻辑，以西欧、日本为师，以图民族自强。这种情况其实代表着亚洲/中国与西方之"现代"相遇的残酷现实：殖民、帝国主义不仅属于殖民主义者，而且也成为被殖民者的意识形态；不仅被殖民者用来进行征服，而且也被被殖民者用来进行反征服——处于主从关系之中的主从双方竟享有同一价值。鲁迅发现了这一点，其思考因而也得以在完全不同的思想平台——如何消除主从关系——之上进行，他不仅关心反侵略、反奴役、反殖民，而且关心侵略、奴役、殖民的思想机制的生产，关心怎样从根本上消除侵略、奴役和殖民机制的再生产问题。作为一个"受侵略之国"的青年思想者，鲁迅对"崇侵略"思想的批判完全不同于"彼可取而代之"的反抗逻辑，完全超越了当时亚洲/中国思想关于人、社会、国家、世界之关系的理解水平。

这是理解鲁迅的一把钥匙。高远东进入了那个扑朔迷离的对象世界，许多难以深入的话题在他那里悄然冰释。我多年前读到这段话时，曾为之击节不已，至今还记得那时候的感受。于是想起鲁迅一生翻译介绍的大量文学作品和美术作品，那里所期待的也恰是对主奴关系的颠覆。我们由此想到他对《新青年》同人的批评态度，他在左联中的紧张感，都有选择中的抵抗吧。鲁迅憎恶奴隶看待世界的奴隶主式的眼光。周作人当年说中国的有产者与无产者都是一个思想，就是升官发财。周作人看到了这个现实，却没有颠覆这个存在。而鲁迅则以生命的躯体直面着奴隶之邦，寻找另一条路。他其实已经从左右翼的简化思维里出离，从奴隶与奴隶主的循环性里出离，将一个密封的精神洞穴打开了。以鲁迅为参照，回答我们这个时代的思想挑战，高远东比那些把五四经典象牙塔化的学人更具有张力。也由于这一概念的发现，鲁迅生平晦明不已的现象都找到了一种解释的入口。

记得在翻译了武者小路实笃的《一个青年的梦》之后，鲁迅对其中的意象不无感慨。他感叹中国人的思维里，没有"他人的自我"，原话是：

我的私见，却很不然：中国自己诚然不善于战争，却并没有诅咒战争；自己诚然不愿出战，却并未同情于不愿出战的他人；虽然想到自己，却并没有想到他人的自己。譬如，现在论及日本吞并朝鲜的事，每每有"朝鲜本我藩属"这一类话，只要听这口气，也足够教人害怕了。（鲁迅：《〈一个青年的梦〉译者序二》，《鲁迅全集》第十卷，页二一二，人民文学出版社二〇〇五年版）

很长时间，人们讨论鲁迅的思想时，不太去涉及这个话题，习而不察，视而不见。多年后，韩国知识界讨论民族主义与东亚的问题时，读到鲁迅的话颇为感动，因为在反对殖民压迫的同时，鲁迅也在警惕大中华的理念。在"被现代"的过程里，东亚人如果没有对外来压迫的抵抗和对自我旧习的抵抗，都不会成为新人。这也就是他为什么在日本帝国主义侵略中国的时候，在反侵略的过程还不忘记国民性审视的原因。也就是高远东谓之摆脱文化对抗的"互为主体"的意思。

"互为主体"的概念不仅可以用来解析人与人的关系，也可以解析民族与民族、国与国的关系。自然也能解析着男女之间的关系。问题是，在紧张的历史条件下，这种互为参照的意识被阶级斗争的残酷现实所掩盖。鲁迅不得不以斗士的姿态出现在这个世上。鲁迅讨论问题都限制在一个语境进行。比如，宽容是好的，但对手如对你不宽容，就不必去讲宽容。只有斗争才可能争来宽容的环境。待到那个新环境到来时，就不该再怒目而待了。鲁迅其实早就看到了这一点，却不愿深度阐释。因为他知道，在无阶级社会到来之前，奴隶们要争取的是自由的空间。自我的自由不是为了使别人不自由。正如他所说，革命不是为了死，而是为了活。这些潜在的观点过去阐释的不多，鲁迅的文本的丰富化与阐释的单一化，或许就是没有看到那个巨大的潜在意识所致。鲁迅研究必须探到暗语言与暗功夫中。鲁迅的意识常常在那些无词的言语里，可惜人们很少能走到寂寞的精神暗区里。

理解鲁迅很难。我自己对那里的许多东西是懵懂的。比如，他和传统的关系究竟如何，也非一两句话可以说清。因为鲁迅在文本里对其表述是明暗不已的。在我看来也存在一个精神的暗区。只有深入底部，才可瞭望一二。鲁迅对中国传统思想和价值的批判，同样吸引了高远东。二十世纪八十年代末他有机会看到鲁迅的藏书，对其知识结构兴趣浓厚。鲁迅藏书中的各类野史与乡邦文献，似乎都在注解着其对儒道释的态度。但那逻辑过程究竟怎样，如何刺激生成了他的新思想，则需要花费大的力气方可为之。理解鲁迅，不能不回答这个难点。像发现了"互为主体"的概念一样，作者从分析《故事新编》入手，深切入微地探究儒家、墨家、道家与鲁迅的联系，找到一个令其会心的存在。文本分析不仅是审美的穿越，也是一种哲学的观照。把文本引进哲学语境来进行讨论，是大难之事。历史故事背后那个精神隐喻对作者才是重要的。

　　高远东阐释鲁迅对儒家的态度时，用的是悖论的眼光。他发现鲁迅用儒家的价值的含混性和矛盾性，指示出儒家伦理的神圣性的丧失，以及内在的不合理性。在现代意义上儒家思想何以显得蹩脚，小说都有感性的暗示。道德判断的先验性与唯一性，是儒家思想要命的一面。鲁迅借小说讽刺了这一虚幻性的存在，其实是想绕出几千年来的误区，设计着个人化的精神途径。而在分析墨家文化时，作者对鲁迅继承传统文化的核心精神的阐释也颇为精妙，是他的创造性的书写。《铸剑》的分析与《非攻》《理水》的读解，多惊奇之笔。从故事的人物与意象到哲学的盘诘，并无生硬的比附，而是曲径通幽，水到渠成。将鲁迅吸取传统文化的特别的一面昭示出来，给人颇为可信的印象。墨子的价值大概在于对一种责任的承担，不涉虚言，清教徒式的度苦，以及献身精神。《故事新编》常常有着类似的意象，黑衣人的果敢决然，墨子的振世救弊，大禹的敬业之举，在鲁迅看来有着希望的闪光。从这些人物的材料运用与理解上，鲁迅把一种旧文明中殊为可贵的遗绪打捞出来。高远东兴奋地写道：

> 如果把鲁迅在《采薇》《出关》《起死》中对儒、道的批判与在《非攻》《理水》中对墨家的承担联系起来，我们会发现他承担着墨家的价值、倾心于墨家伦理，赞赏行"夏道"的清晰思路。在对儒、道的接近和清理中，鲁迅肯定孔子的"以柔进取"和"知其不可为而为之"，否定老子的"以柔退却"和"徒作大言"的空谈，更反对夷齐专事"立德"的"内圣"路线和庄子的道教化，其思想视野或古或今，领域旁涉道德、政治、知识、宗教，焦点却始终凝聚在道德与事功、信念与责任、思想与行动的连带整合上，而这一切又与其贯穿一生的兴趣——寻求"立人"乃至"立国"的方法直接相关。而所谓"中国脊梁"和"夏道"，就成为鲁迅后期思想中重要的人性和社会形象。正是通过它的确立，鲁迅才解决了儒家圈于道德与事功的难局而无法解决的道德合理性问题，解决了道家圈于思想和行动的难局而无法解决的知行合一问题，解决了早期思想就一直关注的信念与责任的连动、转化问题，才为其追寻"立人"或"改造国民性"提供了一个正面的、更加切实的答案。

研究鲁迅与传统文化的论文可谓多矣，但如此委婉多致、直指问题核心的文字不多。高远东在清理鲁迅与遗产关系中所形成的思路，把鲁迅研究从一般中文学科引向了思想史的高地。先前人们讨论这个问题多流于空泛，唯有王瑶等少数人能从容地面对着这个问题。但王瑶基本还是在文艺学的框架里展开自己的思绪。而高远东则从审美意识升华到哲思中。他有自己的思路：一是注重文本；二是沿着文本考察其背后的哲学内涵；三是由哲学内涵的解析再回到鲁迅的基本主张，即思想的原点。在他那里，本乎材料，不尚虚言，在思辨里不失历史的厚重感。原因在于一直有着一个巨大的载体，从载体出发讨论问题，就不会导致从思想到思想的空泛，而具有了扎实的丰富的意象。

鲁迅研究史曾经是不断简化研究对象的历史。导致此现象的因素很是复杂，大致说来是历史语境的隔膜和时代话语的干预。人们难免以己身的经验看对象世界，但鲁迅文本提供给人的却是多维的时空。鲁迅同代人的作品有许多不能引人兴趣了，为什么唯有他的文字常读常新？高远东的写作充分考虑到对象的复杂性。而他自身的回旋式的思考，大概可以回答这个问题。早期可能受到王得后、王富仁、钱理群、汪晖的影响，但后来更主要与日本、欧美的思想者有着诸多的共鸣，借鉴了一些重要的思路。认识鲁迅显然不能从民族的立场单一考虑问题，只要看看他一生与上百个域外作家的精神交流，就能发现思想的丰富性。但放弃民族意识显然又无法走进鲁迅。从现代性的角度出发，能够瞭望到中国"被现代"的苦运。这个认知的对应过程，也是走近鲁迅的过程。我觉得高远东带来的挑战是，在植根于本土问题的焦虑时，一个新的立场在他那里出现了：不再是时代流行色的呼应体，而变成由时代语境进入历史语境、从而返回到时代中回答流行色挑战的精神独思。

最初对鲁迅的精神暗区进行深切探讨的是日本学人。竹内好、丸山升、木山英雄、伊藤虎丸多有惊人之作。竹内好的对鲁迅沉默时期的思想的考察，丸山升对革命与东亚的默想，木山英雄进入《野草》的幽复深广的凝思，以及伊藤虎丸续写竹内好的智慧，比同时期中国的鲁迅论的表层化叙述显然高明。鲁迅的出现不是民族性的单一化现象，乃是"被现代"里的反抗与融合的涅槃，毁灭与新生，断裂与衔接，极为矛盾又极为开阔等因素夹杂其间。许多现象背后的东西，牵连的已经不仅仅是文学、哲学的问题。这种研究，我国自二十世纪八十年代后才有可能。也正是日本学界的参照，刺激了中国的读书人，他们也从中汲取了养分。我在高远东的实践里看到了他从域外学术大胆拿来的勇气。或者不妨说，在认识鲁迅的复杂性上，他和丸山升、伊藤虎丸有相同的体验。在许多方面，他的认知方式更接近伊藤的委婉，在细腻的探究与繁复跌宕之中，昭示着近代中国文化的一个隐喻。在互为参照里，久思远想，遂成规模，有的地方已经超越了日本学者的观点。这与其说是高远东成熟的标志，不如说是鲁迅研究深化的象征。毕竟，经典被重复审视的时候，它的不断被续写的感受，才会滋生新的元素，成为我们时代精神的资源与背景。鲁迅遗产可审视的空间，还没有到尽头。从形象可感的鲁迅走向暗区的鲁迅，从暗区的鲁迅再回到有血有肉的鲁迅，研究者的发现远不止是这些，由此，人们有理由对这个领域还有着更新的期待。

二〇〇九年三月十八日

## 1

在《新青年》的文章里，陈独秀的表达逻辑给我很深的印象。他最不满意的是"伪饰虚文"、憎恶"雕琢的、阿谀的、铺张的、空泛的"文字，于是提倡写实主义，力主睁着眼睛看世界。优婉明洁之情智，才是应当提倡的，不可落入陈陈相因的迂腐之地。新文化讲的自由，其实就是表达的自由。思想的载体如果不能进入自由的言说的领域，一切都还是老样子的。

初期白话文的讨论颇为有趣，胡适与陈独秀商谈白话文走向时，重点强调不用典，要口语入文，还应当拒绝对古人的模仿。在胡适看来，模仿古人和乱用典故，易华而不实，滥而不精，乃文章之大忌。好的作品都非无病呻吟之作，艺术是从心里流出来的，而非造出来的。这是《新青年》当初要解决的问题。陈独秀在与友人讨论此话题时，延伸了其内涵。他以为胡适的观点还有些温和，要建立真正的白话文，不能不有峻急的文风。他自己就喜欢用此类笔法为文的。

陈独秀、胡适、鲁迅的文字，流出对旧文人习气的厌恶。他们远离官场，揶揄神灵，但他们最想做的是对士大夫文化的颠覆。那时候陈独秀的文字就一反士大夫的正襟危坐气，不中庸，非暧昧，将儒家的虚假的东西踢出去。一时应者如云。比如，说极端话，讲极端句，旨在从四方步式的摇曳里出来，精神的躯体被换了血。而鲁迅的《狂人日记》，简直就是天人之语，读书人的自恋语气全然没有了。鲁迅和陈独秀相似的地方是，都对自己的本阶层的人以嘲笑和绝望的目光视之，意识到连自己也充满着罪过。重新开始，远离着无病呻吟之徒的文字，是那时候的新文化人特有的特征。

解决书写的旧病，一是输进学理，引来新观念和思想。另外呢，是个性主义的展示。在那一代人看来，中国文化的主要问题是缺乏人的自我意识，人不过还是奴隶。向人的内心世界开掘，直面世界才是重要的。所以，那时候文章好的，都是有过留学经历的人。他们的文字是从个性文化那里沐浴过的，说的是自己的话，而非别人的意识。

但那时候大家的思想也不尽一致，胡适还是把白话文看成工具，注重表达的自然和平易。而陈独秀则认为艺术之文与工具理性略微不同，有创造性的一面在里面，是不能忽视的。鲁迅和周作人则一开始就呈现着语言的神异性，他们在白话里多了精神的舞蹈，不断冒犯旧的词语搭配习惯。表达在他们看来不仅是思想的演示，也是创造快感的呈现。而后者，那时候没有人重视的，大家其实还不能立即意识到这些。只是在《呐喊》问世后，人们才意识到，智慧对审美的意义大于观念形态的东西。不过，后来的艺术发展，还是观念在主导着审美的思维，能做到鲁迅这一点的人毕竟是有限的。

## 2

毫无疑问，《新青年》的面孔所以诱人，乃是多了世界性的眼光。同人们讨论问题，已不再是"天下""华夏"一类的民族主义心态，精神是开阔的。这里主要的功绩是翻译。如果没有现代翻译，就没有新生的白话文。或者说，翻译对陈独秀那代人来说，是建立新文学的基础。他在杂志上不仅翻译了美国国歌、法国散文，还编译了科学思想史方面的文章。他最初的译文，也是文言的，后来自己也不满意这些，当看到胡适所译的契诃夫、莫泊桑的作品时，才感到白话翻译的可能性。后来他推出的易卜生话剧、屠格涅夫的小说时，已经感到新文学的书写是具有一种可能性的。

一九一六年，陈独秀写信给在美国读书的胡适，希望其多介绍美国的出版物："美洲出版书报，乞足下选择若干种，详其作者，购处及价目登之《青年》，介绍于学生、社会，此为输入文明之要策。"（水如编：《陈独秀书信集》，页四六，新华出版社一九八七年版）胡适应邀在《新青年》发表了多篇译文。像莫泊桑的小说《二渔夫》，发表于一九一七年，完全是白话文。所以说白话译文在前，白话创作在后，那是不错的。正是翻译的白话文的成功，才刺激了鲁迅的写作。先前人们不提这些。实际上，陈独秀对此是心以为然的。他的催促之功，胡适与鲁迅都颇为感激。

用翻译来刺激创作，是陈独秀的梦想。但他深知自己没有这样的才华，于是在翻译之余，喜欢编译。他的许多文字，都留有这样的痕迹。《法兰西与近世文明》《东西民族根本思想之差异》《当代二大科学家之思想》《俄罗斯革命与我国民之觉悟》《近代西洋教育》，都显示了他阅读外文的功力。他一方面借用了洋人的思想，反观国人命运；另一方面，从对比里思考超越自我的内力。他在组稿时，有相当的选择性。其实最欣赏的是思想性的文章和有个人主义色彩的作品。这两点，在中国最为难得。中国文人不经历西洋文明的沐浴，难以再造自己的文明。

陈独秀在译介中形成的东西方文化差异观在那时候的影响力是巨大的。他对这个差异的概括一直在影响着后来的人们。比如，"西洋民族以战争为本位，东洋民族以安息为本位；西洋民族以个人为本位，东洋民族以家族为本位；西洋民族以法治为本位，以实力为本位；东洋民族以感情为本位，以虚文为本位"。直到二十世纪八十年代，中国大陆重新出现文化热的时候，学人们似乎还没有超出陈氏的眼光。他的穿射力是内在的，学人们很长一段时间直面的是相似的问题。这也是他的启蒙的基本思路，而对文章与艺术变革的思考，也是缘于此点的吧。

不过陈独秀的表达，在那时候还显得急促，似乎没有完全消化人文主义的思想。他自己的文字内美，未必就比梁启超高明多少，只是见解高于对方罢了。主要的问题还是立言、立志，而非精神的盘诘与深省，自然没有哲学层面的高妙和艺术的深情致远。他反对旧文人的"载道"，自己未尝不是在走这条路。他神往自我的个性表达，但在那时肩负着使命，只能把目光盯在传道上，心性的攀援只好置之一边。启蒙者的悲哀往往是这样的：他们要唤起民众，推倒旧的逻辑，可是自己必须进入这个逻辑后才能出离旧路。而自己不幸也在这个逻辑中。既是启蒙，又是个人主义，在那时候殊为不易。所以，是否真的消化了洋人的思想，还是个问题。有时候你会觉得，他们不过是借着这些，来讲自己的意思呢。

## 3

士大夫的问题是不谙俚俗，缺乏民间的狂欢与放荡。到了五四新文化运动，民间艺术可以堂而皇之地走进象牙塔里了。在瞭望西方文明的同时，陈独秀诸人不忘对本土文化的整理与重新解读。查阅《新青年》的文字，能够感到诸人对民间艺术的钟爱。传统士大夫看不上戏曲、说书艺术，以为粗俗不堪，难以入流。在雅化的文字里，生命意志一点点磨掉了。五四新文人不这样看，他们完全反过来，视民间艺术为真品，对文人圈子之外的存在，有一种亲密的感觉。陈独秀、胡适在理论上倾向于民间文化，鲁迅则在自己的小说里刻出了民俗图，韵律与气象完全不同于以往了。中国后来强调的大众化艺术，讲的就是这些。说他们这一代是创始者，那是毫无疑问的。

钱玄同曾与陈独秀专门讨论过民间艺术的话题。他们之间的那次通信，在新文学史上已成为佳话。两人都推崇戏曲小说，乃因为是离人生近，与玄学远，是可亲的一族。他与陈独秀说：

语录以白话说理，词曲以白话为美文，此为文章之进化。实今后言文一致之起点。此等白话文章，其价值远在所谓"桐城派之文""江西派之诗"之上，此蒙所深信而不疑者也。至于小说为近代文学之正宗，此亦至确不易之论，惟此皆就文体言之耳。若论词曲小说诸著，在文学上之价值，窃谓仍当以胡君"情感""思想"两事为标准……（同上，页九六）

陈独秀的回信亦有同样的思路：

> 国人恶习，鄙夷戏曲，小说为不足齿数，是以贤者
> 不为，其道日卑。此种风气，倘不转移，文学界决无进
> 步之可言。章太炎先生，亦鄙视小说者也，然亦称《红
> 楼梦》善写人情。夫善写人情，岂非文字之大本领乎。
> 庄周、司马迁之书，以文评之，当无加于善写人情也。
> 八家七子以来，为文者皆尚主观的无病而呻，能知客观
> 的刻画人情者盖少，况夫善写者乎。质之足下，以为如
> 何？（水如编：《陈独秀书信集》，页九二，新华出版社一
> 九八七年版）

用戏曲来冲击士大夫之文是一个资源。但如何将其
精神引入思想界，那时候的同人没有什么办法。周作人
在介绍日本近三十年的文学时，也讲到该国文学里民俗
意味的深情。可是中国如何学之，也只能交了白卷。要
不是鲁迅从乡土社会里找来一些元素，陈独秀的期待要
落空也是自然的吧。

五四运动前，陈独秀曾经对戏曲有过一种改良的期
待，那就是用西洋的个性主义的思路，冲击老的营垒。
比如，不唱淫戏，除去富贵功名的俗套等。他在内心是
欣赏民间艺术的，因为那里有百姓的想象力。五四新文
化运动，对民俗学意义下的传统文化的认可，并不亚于
对西洋文明的态度。陈独秀所写的这方面文章虽然不
多，但他对胡适、鲁迅、周作人的民俗观的认可，其思
想的新亦庶几可见。

五四文人讲民间，是指未被士大夫文字浸染的领
域。所以，陈独秀自比是狂客，周作人说自己是学匪，
鲁迅把自己的房屋取名"绿林书屋"。这就是要和文人

气划清界限。但他们这些匪气还是有些六朝意味的东西，与民俗的东西毕竟有别。周作人很早意识到这一点。他是主张在文字里出现一些文不雅驯的东西的。因为英国文学里就"羼用方言，视若庞杂，然自有其特彩，趣味盎然"（《歌谣杂话》周作人文类编六卷，五一三页）。待到北大进行风俗调查、搞歌谣征集时，民间话语与白话文的关系就真的亲密起来了。

陈独秀称赞鲁迅的小说好，思想的深不用说了，重要的是他的文字运用能力超常。五四时期鲁迅的一些文章并非自创。有些观点是受胡适、陈独秀的影响的，有的从尼采、安德烈夫那里来。但他的表达逻辑真的与人不同。同样一个意思，经由鲁迅之手，就气象不俗，别具一格。那里有古文的余绪，绍兴的韵律，还杂以日文、德文的句式，文章的张力就不同了。《新青年》的伟力固然是思想的多致与自由语态，可是在我看来表达的创造性是一大奇迹。说什么是重要的，怎么说也非小视之事。对于一个不会表达的群落来说，将思维从庸常里引向高远的精神之地，一个时代能肩负此任者，真的不多。

## 4

细心的读者会发现，陈独秀的文章在气韵上是晚清狂士的路，并非创造性的。胡适倒一洗旧气，完全是纯正朗然的东西。唯有周氏兄弟，在文章的写法上自成一格。新文学要求是睁着眼睛看人看事，周氏兄弟有点六朝的影子和日本随笔的笔意。鲁迅的文字甚至带着德国尼采的激越，荡涤着人间杂尘，给人很深的印象。表达的新奇，是应当在意识深处自新的。

真正使新文学闪亮的，不是技巧类的东西，而是那时候的流行观念，即世界意识。世界意识的出现是颠覆儒学的利器，也是表达自我的前提，也不妨说是马克思主义登台中国的前奏之一。

刺激五四前辈的是西方个性主义文人的新作品，在易卜生、王尔德等人的作品里，对西洋的批判，以及流出的大众意识，使陈独秀意识到社会主义的可能性。而罗素的对国家主义的痛斥，也激发了中国读书人对世界共有的价值的渴望。陈独秀、鲁迅、钱玄同甚至是世界语的提倡者，他们对狭隘的民族主义下的精神书写极为警惕。用世界的眼光看事，在他们看来应是必然的选择。

在陈独秀与友人通信里，常能看到艺术无国界之类的字眼，赵仁铸给陈独秀的信就说：

先生等闻此琐屑之谈，吾知其必厌然乏味矣，今请简述之曰：（一）中国之教授在此过渡时代，非本国所能任也。（二）请真有学问之外国人在此为教授不足耻也。二十年前之英吉利，欧战前之美利坚，其著名大学教授均为德人铸。自离开北大后，曾在美国芝加哥大学博士院内研究有机化学，所从之教师，非美国人乃瑞士人也；楚材晋用，美国尚如此，在我国亦何伤？（《陈独秀书信集》，页二七九，新华出版社一九八七年版）

陈独秀对此是认同的。他赞成未来世界是大同世界，各民族会在一个旗帜下生活，乃未来之趋势。在致陶孟和的信中，他说："来书谓将来之世界，必趋于大同，此鄙人极以为然者。"既然讲大同，那么就不能不废除旧学问的那一套，从别国那里窃来火种，用以照着精神的暗区。思想向西洋的个性化书写靠拢是必然的了。

自由的书写者，是厌恶浪漫的逃遁，直面社会的难题才是真的人。陈独秀一再强调写实，要求新文学不是逃逸人间的，而是与之对话的。现实的复杂黑暗，在我们的作品里反映的太少，旧文学一直回避这些。一旦深入打量生活，就会发现，我们的道德伦理、法律条文，大有问题。所以，写什么，怎么写，我们过去没有很好地解决。陈独秀认为，要改变旧的书写习气，唯有写实主义可以救之。

那时候被普遍认可的易卜生的戏剧，就是写实的代表。作者之所以能有如此高的水准，胡适曾有过评论，那就是作者曾是个无政府主义者，后来变为个性主义的文人了。易卜生在致友人的信说过这样一段话：

> 我所最期望于你的是一种真益纯粹的为我主义。要使你有时觉得天下只有关于我的事最要紧，其余的都不算得什么。你要想有益于社会，最好的法子莫如把你自己这块材料铸造成器。有时候我真觉得全世界都像海上撞沉了船，要紧的还是救出自己。（《胡适全集》一卷，页六一三）

胡适颇为认可这一段话，陈独秀、鲁迅自然也是如此。易卜生的文学非神学的，也非国家主义的，回到人自己的深处，是他的选择。个性的解放才有文字的解放，五四新文化在那时要高扬的就是这个东西。

## 5

但《新青年》最引人的书写风格，并非洋人的观念，而是非道学的态度。陈独秀和他的同人是厌恶道学气的，尤其是韩愈以来的"载道"的传统。他们那时候推崇的是托尔斯泰、陀思妥耶夫斯基、但丁、果戈理、雨果一类的作家。我们中国的文学除了《红楼梦》外，很少这样的一类作家的作品，原因之一就是没有个人。没有自我，不会真实地表述世界与人生。

在这些同人看来，中国文学一直存在两个对立的传统。陈独秀说那是贵族与平民之对立，胡适谓之"元白传统"和"温李传统"之不同，周作人发现是"载道"与"言志"的区别。他们都想在此中寻找到一个正确的对象作为自己的参照。可是后来，鲁迅、周作人等意识到，对立还不及融合，彼此的交融，艺术才能更有趣味吧。在强调平民文学时，也不要忘记读书人的创造性劳作的价值。只有平白易懂的诗文还不够，在文字里凸显智性的劳作，让人知道文字后的精神的无限种可能性，也是重要的。

陈独秀对"载道"文学的痛斥在当时颇有影响，他认为韩愈以来的"载道"是大谬误。"文学本非为载道而设，而自昌黎以迄曾国藩所谓载道之文，不过抄袭孔孟以来极肤浅极空泛之门面语而已。"所以，文学革命的任务之一，就是直抒性灵，言自己之志，非暗袭古人的无病呻吟也。鲁迅多年后回忆自己的写作时，特别感谢陈独秀的作用，称自己是"听将令"，受到了陈氏的鼓励。这一点，是没有人质疑的。

新文学最初以白话诗的面目呈现在世人面前。那些幼稚的作品，在当时的反响超人所料。陈独秀自己没有这样的作品留世，但是他欣赏诸位的创作。因为，很是简单，那是新思维下的心灵的作品。废名后来对《新青年》时期的诗歌有个很中肯的评价，以为在审美的层面完全别于古典的作品，是新的艺术。旧文学是文生情，做作地模仿前人的调子，自己的心理未能完全敞开。而新诗不同了，它是情生文的，没有旧的套路。这是汉字写作的一次飞跃，人们可以靠真实的感受为文，而非奴仆地创作，那意义是非同小可的。

废名在总结那时的白话诗歌时，既肯定了胡适的晓畅自如，也看重鲁迅的隐曲幽婉。在评价鲁迅的新诗《他》时，他说：

> 大家有一个共同的感觉，说这首诗好像是新诗里的魏晋古风。这首诗里的情思，如果用旧诗来写，一定不能写得这样深刻，而新诗反而有古风的苍凉了……这首诗里诗人的气氛太重了，像陶渊明的《荣木》与夫"寒华徒自荣"本来不完全是诗，尚有哲人的消遣法，鲁迅先生的《他》则是坟的象征，即是说的"埋掉自己"即完全是一首诗，乃有感伤。（《废名讲诗》，页五五，华中师大出版社二〇〇七年版）

这里的感叹，是对审美的独异性的致敬。陈独秀、胡适当年都没有这样的创造，自然在理论上也不能明白于此。所以，新文学的诞生，理论在前，实践在后，实践中出现的个性化高蹈，远比《新青年》主编的预料要丰富。这也就是为什么后来谈五四新文化运动，鲁迅的名气要大于别人，实在是其表达的高度为同时代人所难能及之。那个高度，使新文学的面孔，一下子变得很有内容了。

陈独秀意识到了新的表达式的价值，但那个表达式如何可能，他无力实践。看他的文章，是对一种确切性的陈述，却没有考虑精神的复杂与隐曲。他的文字在气脉上是有古风的，得到先秦的豪迈之气，又见六朝的风骨。但意象取之于洋人的直抒性情之路。尤其是他的旧体诗，形式是旧的，而气韵则和士大夫者流渐远了。他的时评与随笔，没有掩饰的文辞，是心性的袒露，可以说是方向感的文字，理念化的演说。他是新文学的呼唤者、引路者，至于那个新的图景如何，自己并不知道。他甘愿在新的时代到来之前，做一个铺路人，待到新人出现后，自己消失了也心甘情愿，毁誉与自己已经没有关系了。那些在《新青年》上的文字都是新文学理念的基石，比如那段关于文学革命的话，多么让人心动：

　　欧洲文化，受赐于政治科学者固多，受赐于文学者亦不少。予爱卢梭、巴士特之法兰西，予尤爱虞哥、左喇之法兰西；予爱康德、赫克尔之德意志，予尤爱桂特、郝卜特曼之德意志；予爱倍根、达尔文之英吉利，予尤爱狄铿士、王尔德之英吉利。吾国文学界英豪之士，有自负为中国之虞哥、左喇、桂特、郝卜特曼、狄铿士、王尔德者乎？有不顾迂儒之毁誉，明目张胆以与十八妖魔宣战者乎？予愿拖四十二生大炮，为之前驱！（陈独秀：《文学革命论》，《新青年》第二卷第六号）

　　中国文学的历史有两千余年，但奴才式的写作时间长，作为人的写作的历史却短。陈独秀那代人的大功绩是阻挡了历史的惯性，在昏暗不堪的年代，开始了自由人的写作。他们那些人差异很大，精神也非定于一尊。有的人的文章也未必高明，甚至有些荒唐。可是他们的非同寻常的地方是，将个性的空间打开了。这是一个不小的突破。现代性的资源终于从此涌出，古老的幽魂从此不再可能堂而皇之地出现了。时间开始了，我们不应再回到过去。闸门打开的时候，河流就不再干枯了。

二〇〇九年一月三十一日

# 新思潮的摆渡人

钱玄同去世半个多世纪后，他的文集才得以出版，那已经是二十世纪九十年代了，记得我曾帮编者请张中行先生为文集写过序言，那是篇很好的文章，文字有着古朴之气。张中行是钱先生的学生，自然了解前辈一些细节，所涉旧事也是清楚的。近百年的学术思想有时处在一种反转的状态，复古思潮与激进主义是相伴而生的，钱玄同也是这个旋涡里的学者。今天研究界的许多人，对于五四学人的激进主义是颇有些微词的，像钱玄同这样的人，无论文化理念还是治学方式，都有被世人诟病的地方。但要理解那代人，也并不容易。倘若深入细节中，也会发现其间的错综复杂因素。从这位前辈的形影里寻找新文化演进的过程，对于我们重新认识知识人的使命，不无益处。

因了时代的原因，在许多时候，人们不太容易注意到晚清新知识人语境形成的多重环节。时光久了，当尘埃落定后，以各种知识论映照过去，曾模糊的东西便会清晰起来。王小惠这些年一直关注钱玄同，有着与一般新文化研究者不同的眼光，当年曾与她讨论过一些片段，发现比我们这代人，参照系就多了许多，既非全面认同，也非一味否定，因为能够从经学、史学、语言学和文艺学等角度立体审视民初的言论，呈现的是学术史演变之图。顺着这些遗迹摸索，当可知道什么延续了下来，什么中断了。

新文化运动的启蒙意识，对于旧学是一次冲击，新式学人引入了科学与民主思想，自由理念与个性精神孕育出先前未有过的元素，被质疑的对象首先是传统的经学。清代学者章学诚就在《文史通义》里已经言及"六经皆史"的观点，章太炎、胡适的学术观念是延续了这一学说要义，又加上了新的元素。比如，《诗经》的晓畅通透，乃民风的精华的闪动，过去仅仅从经学层面审视它，大约是错了的。《新青年》同人常常从社会学与民俗学角度看待旧的文学，自然不会像旧式学人那样套在道德的框子里。钱氏认为，《诗经》本色也是白话文追求的本色，新文学是继承《诗经》传统的，这使新文学的根变得深了。周作人、胡适、郁达夫那时候都持这种观念，说起来是时代新风使然，只是钱玄同的表达更为直接而已。郁达夫在《文艺与道德》中就强调，《四书》的文学价值不及《诗经》，乃因为不是唯道德主义。所以，讨论新文化与新文学，清除经学里的道学腔调，是彼时新文学家的共识。

关于文学上的见解，钱氏集中在语言本身的表达上，方言、官话、国语在他眼里是处于变化状态的。他谈小说不免捉襟见肘，戏剧方面也少精当言论，最好的文章大概是给胡适《尝试集》写的序言，看出他内心的情愫。他与《新青年》同人内部的通信，读起来饶有趣味，内容丰富，彼此构成了一种对话的关系。其文章虽有混杂的地方，读起来却让我想见其人，觉得颇有几分可爱。看钱玄同与陈独秀、胡适、周氏兄弟的信札，涉及新文化建设的路径与解决问题的方法。不过他的文章内容，还在小的技术范围。对于域外文学摄取的途径、美术思潮、小说写作等都没有引领性的言论。《新青年》上面讨论的话题，有许多是因为翻译引起的，比如，易卜生主义、新村主义、世界主义等，钱玄同会意于友人的思想，是沿着同人思路继续说下去的。周氏兄弟尚能有文体实验，钱玄同的文字则不出一般文人的样子，是学者之语，而非作家之文。所以，他在现代文学史上的分量不及学术史上的分量更重些。

不错，钱氏的优长在于音韵训诂和古文经与今文经的理解上，他的思维方式来自对于经学的动态体味，从中获得了一种方法论。对于经学的批判，是章门弟子中常见的现象，钱玄同大概是其中最为激烈的一个人。钱氏把《春秋》看成"不成东西的史料而已"，动摇了此书的经学根基，这与西洋思想输入不无关系。在钱玄同眼里，六经不过是知识与材料，但历代以来，成了一种意识形态，所以，要颠覆的是那个奴性文化的根基。这样看来，他自己的叙述，也成了意识形态的一部分。这些也延续在对"儒效""中庸""礼教"等看法上。细想起来，这其实是经学发展史内部矛盾的一种新的延伸，不同时代，六经都被赋予一种时代内容的，只是那变化多在内部。五四那代人多了外部的视角，看待经学就更为清楚一些。经学注重一种精神的常恒性和思想的纯然性，在没有宗教的国度，无疑属于人们头上的不可动摇的神圣之星，乃普遍的准则。可惜历史中的经学被权力左右，造成奴性的繁衍，到礼教出现后，已经带有逆人道而行的毒性了。王小惠发现，"钱玄同擅长的是从传统学问内部瓦解'礼教'的经学基础"，是看到了其思想方式的来龙去脉的。

但这种内部性的突围，成效还是有限，新文化人用力最多的，是从经学的外部资源攻击古老遗存不合理的一面，这便是翻译介绍域外的学术与艺术。比如，鲁迅借用的是尼采学说，胡适则依傍在科学主义旁，李大钊心目中有一个马克思主义传统。这里，"原基督"的精神也是彼时重要的资源之一，它对于旧学的冲击可能更大。王小惠在考察这段历史时注意到，钱玄同的外功明显不及周氏兄弟，在见识上与胡适也明显有着距离。他在五四前后的学术思想与文学观念，还不能有东西方文明调适的弹性，所以简单化与武断化也不可避免。导致此现象的原因，大概是知识结构中的缺陷，新文学的作者留日的居多，英美回来的人数有限，彼此整合的时间过短，在对于文化自新的看法上，总体上有一种匆忙之感。

讨论钱玄同的思想与学术，不能脱离他与章太炎的关系。章氏对于他的许多观念都是有开启意义的，除了语言学、史学之外，文章学的思考也有所继承。从古文到白话文，演进的过程有历史的必然。章太炎弟子对于音韵训诂的修养都不错，但对于文章之道还是各有心得。周氏兄弟熟悉六朝之文，黄侃解释文献有辞章之学的功夫。而钱玄同则以古喻今，运用小学修养，从古书中发现写作的规律。一些体味来自章太炎，有时也不免有所偏离。章太炎与钱玄同的通信很多，一些问题讨论很是深入。钱玄同发现，言文未能一致，是文化不得畅达的原因之一，而强调白话口语为书写的基调，是历史经验的一种反射。不过章太炎看重雅言，钱玄同则不反对俗语，雅言与俗语，特点也是相对的。王小惠充分肯定了钱玄同这方面的努力，她说：

> 钱玄同建构的中国白话文学史框架，依据的是"音本位"的标准，将"作文接近于说话"的作品挑选出来。这为"五四"白话文提供了历史性的理解与历史合法性，使唐朝白话诗、宋词、元曲、明清小说都成了"文章即说话"理念的文学支撑，替新文学搜寻到很好的规范，回应了"什么是活文学"的问题。（见作者手稿）

可以说，钱玄同以章太炎式的智慧，呼应了胡适、陈独秀的白话文理念，使新文学理论具有了说服性和合理性。虽然在语言学与文章学层面，钱氏还不能如章太炎那样从容为文，体大而渊博，但在局部领域，发现了诸多新的生长空隙，思想是有鲜活气的。众多文章颠覆了旧学里的陈腐意识，说明文化的进化，是内部要求的结果。明代学者早就看到此点，袁中郎《〈雪涛阁集〉序》就强调古今不同，不可泥于古。五四新文学的出现，不过时代的产物而已。如果说陈独秀、胡适是彼时的号手，那么钱玄同是重要的擂鼓者，他的作用在那时候是别人无法代替的。

钱玄同对于文学史与文章之道有不少论述，给人的印象不是慢条斯理，而仿佛是新文化阵营里的刀客，一路杀将下来，不顾后果如何。比如，关于文章之道，将桐城派与选学妖魔化，也存在问题。所谓"选学妖孽，桐城谬种"不过门户之见，前人内在的优长，也并不能一言灭之。文学与文章，是士大夫者流表达思想与生命体验的表现，即便是孔子信徒，所作文章也往往有偏离儒学要义的地方，并非都是正儒之音。桐城派作家有一些也颇具神灵飞动之感，他们对于汉语的运用和义理的表达，往往也见奇思。钱玄同的文章修养也并不高于他所抨击的对象。新文化运动初期，许多新学人都有一点戾气，因为顽固者的势力过大，不猛烈抨击，不能动摇其本，只是后来慢慢变得平和起来了。

新文化运动中涉及的话题很多，其中语言问题纠葛的时间很长。从陈独秀、胡适到周氏兄弟，无不对于语言问题有着浓厚兴趣，只是着眼点略有不同。《新青年》关于语言的讨论并不系统，多是在摸索中，他们关于汉语能否出现新的符号形态的认识，有勇而乏智，能够从语言学与字体变迁角度深入论述者的确不多。同人们普遍意识到，中国文化落后如此，与表达体系大约有关，从欧洲文明史和日本维新史看，语言是不断演进的，每个民族在不同时期都丰富过自己的语言表达，新文学要建立，也不能不注意到此点。新文化人推出的关于拉丁化、标点符号、世界语的讨论文章，都可以视为新思想的落地举措。但因为还属于探索性的阶段，有的后来成功，有的流于纸面，这也是时代的局限吧。

钱玄同的关于汉字拉丁化、汉字改革，乃至废除汉字的言论，虽然偏激，但有的地方也不无道理。据王小惠考察，他的理由有二：一是汉字是被儒家修正过的遗存，带有皇权意识；二是西方的拼音文字，是由象形文字变过来的。所以，改汉字为拼音文字，并非不行。我觉得钱氏的论述，都有学术依据，并非信口涂抹。但他至少忽略了以下几个问题：一是汉语是字本位，以字会意者甚多，而音本位的文字，则不会有汉字的这些问题；二是汉语的表达，是千年经验的总结，乃民众实践中渐渐形成的格式，故对于它的改变，当小心翼翼。不满意于母语的表达，但弃之亦难。后来实践已经表明，拼音化的路，是十分艰巨的。简化汉字也带来了许多想不到的新问题，五四那代人提出的问题，至今还悬在思想的半空，没有找到落地的地方。

如何重评钱玄同的思想与学术活动，是今天学者必须做的工作。王小惠近年来的主要贡献，在于梳理了钱氏学术思想来龙去脉后，较为客观地论述了其自身的问题。比如，关于对于经学的讨论，钱氏均以史料看待经学的时候，就忽略了文化发展史的特殊性意义。另外是过于怀疑古人，"以不知为不有"，就可能"人人忘其本来"，易导致历史虚无主义。新文化运动落潮后，同人们其实意识到钱氏等人的一些言论是存在瑕疵的，周作人、胡适等人就不断修正已有的观点，我曾将此称为新文学的"修正主义"。比如，周作人对于文言与白话之关系，就不太绝对化处理，看到了二者结合也是一条通路。而胡适在研究哲学史时，并不把儒学一棍子打死，对于孔子甚至有诸多赞美的言论。到了冯至与台静农那一代，就一直避免偏执之径，注重思想的综合和博雅之气。激烈之思就被均衡感的思维渐渐代替了。

不妨说，钱氏在新文学史上，属于新思潮里摆渡之人，后人对于其辞章风格默而不谈，但不能否定其在历史中应有的作用。晚清学术，乾嘉学派遗风与外来新知会合，吹出不少涟漪。他的学术活动处于章太炎与周氏兄弟、胡适之间，前者让其学会采用古人智慧的方式理解古人，后者则诱发自己如何与现实对话。钱先生虽然激进，但并不恪守旧径，修正自己的思路也是常有的事。任访秋先生认为他善于汇通古今文学派思想，就体会了其内心光亮的一面。我们知道，"古史辨运动"，其中推力之一，就是钱玄同。他借用了今文学派崔适理念，唤出怀疑意识，顾颉刚、傅斯年都从中受到启示，史学研究就出现了新路径。新文化运动提倡者，对于今文学派是多有批评的，而钱玄同则从此获得不少灵感。本来，他的老师章太炎推崇古文学派，钱氏却能古今学派互为参照，也是视野开阔的缘故。今文学派最大的特点是具有"通时达变"之思，对于古人并不都能趋同。这也是新文化运动提倡者的一个特点，钱氏的选择，也将古今文脉结合为一体了。在这个层面上说，他是能够通变的学者，在凝固的话语体系打开裂缝，流动的风就吹进来了。

时间过去了一百多年，总结五四前后的文化经验，让人感慨万端。钱玄同与新文化运动，是个涉及面广的题目，王小惠从文学史与学术史双重角度，思考钱氏的遗产，在前人基础上更进了一步。论题则从入微处着眼，自然有不少的发现。比如，"疑经辨伪"的方法转化的考察，孔学如何影响汉字的字形、字义，"废汉文"的逻辑基础等，都有所体悟，有所展开。经学与文字学，属于知识论范畴，钱玄同反对将其化为价值论，警惕思想逻辑的道德化，这对于后人都有警戒的作用。五四新文化，就是要建立与旧传统不同的系统，而改造旧学术与旧思想，一方面从内在的矛盾性出发解构之，另一方面引入异质的文化视角，后者最为合适的办法是从审美判断入手，以新文学的个性精神和创造感，激活已经麻木的知识逻辑，还原历史的本来面目。这也是钱玄同为何与《新青年》同人从文学的角度，以个体性的思维置换外在的整体性逻辑的原因之一。所以，以文学的激情和审视世界的方式为入口，攻击传统的文化堡垒，将人道的和个性精神引入其间，正是那一代人的不二使命。

我自己对于旧学里的演变进程研究甚少，知道进入其间困难很多。现代文学史中重要人物都与学术思潮有着扯不断的纠葛，过去王瑶、任仿秋与陈平原注重于此，论述中有许多精到之处。文史兼治，要有许多修炼才可。好的学者一般不做高论，本乎史实，忠于文本，于文章缝隙间找思想的关联，从学术语言与文学语言中，建立自己认识方式。王小惠继承了这种遗风，且每每有新见焉。这里涉及的内容甚多，有史学和经学、音韵训诂基础的人，又泡在文学思潮里，就将文化生态的自我调适过程描绘了出来。后人认识前人，不都是认可什么，而是能够提出疑问，发现存在的缺陷。赞美与反对都很容易，处理疑点就困难了，因为彼此的语境大不一样。以今视昔，须明白观念的起因，又要知晓今人的责任。能够做到此点，对于五四新知识人的态度便会趋于客观。我一直认为，边缘化的冷知识，一旦变成活的思想，便会流出新意，它冲击着我们木然的心，使远去的遗存与身边的存在，不再隔膜了。此种境界，寻之觅之，确能刺激我们认知力的增长。

二〇二三年十二月三日

# 耻辱记忆下的诗学

丸尾常喜先生去世后，一直想写一篇关于他的文章，只因资料有限，迟迟不得动笔。在我接触的日本鲁迅研究者中，他是个有内在之力的人，而为人却颇为随和。认识他是在十几年前的日本东大"中国三十年代文学研究会"活动上，我发现他对中国学界十分熟悉，一些历史细节梳理得很清，有许多思路启发了我。在那些日本人中，他和丸山升、木山英雄是最平易近人的，性情好像是中国人一样。

我后来阅读了他那本《"人"与"鬼"的纠葛》（人民文学出版社二〇一〇年版），真的佩服。日本学人的细腻、求实、认真的样子，在中国的鲁迅研究界是罕见的。丸尾先生对鲁迅与故土的关系，有很强烈的民俗学感觉，又把那些感觉与宗教的因素放在一起加以考察，显得有特殊的体验。不过我在那本鲁迅研究著作中，也读出了他对中土文化的隔膜。好像有过度阐释的痕迹。在这个问题上，中国人的论述不免过于随意，而丸尾先生则告诫我们不可以简单面对先贤的文本。在这个意义上说，他给了中国同行完全不同的视角。

多次在日本见面，我们渐渐熟悉了。后来他来鲁迅博物馆，一起讨论相关的话题，每次都有新的收获。二〇〇七年底，他多次给我写信，说自己患了癌症，已从东京到了北海道。他说，现在念念不忘的只有一件事情，就是对鲁迅《野草》的解读的文章。并把新写的文章寄来。我看到后，很感动，也很忧伤。二〇〇八年春天，他在一封信中讲到了死，我意识到事情的不妙。他的笔触里有鲁迅晚年式的沉寂，大概预感到生命的大限。很快，尾崎文昭那里得到消息，先生不久就与世长辞了。

那一刻我觉空虚感的袭来，对他抱着久久的歉意。我当时行政事情缠身，他的信多，我回复得很少，真的欠了他些什么。又一个好的鲁迅研究者去了，这一切似乎是一种幻象，让我不敢相信。中国的学界对他的介绍一直不多，这是很遗憾的。后来看见了秦弓兄，知道他在翻译丸尾先生的书，自然有一种期待。我想，早该有这样的书集问世，自己也一直在期待完整的研究著述在中国出现。许多天后，当他的那本《耻辱与恢复——〈呐喊〉与〈野草〉》问世，我觉得译者把日本鲁迅研究界不该忽视的一部分文献，以一种纪念的方式呈现出来了。

丸尾常喜何以对鲁迅有如此深的兴趣，这大概和战后的日本情况颇有关系。他的研究鲁迅，不都是饭碗的问题，还有思想的寻觅和自我的追问无疑。从他的文章里看到的那些关于精神问题的追问，好似感到了这位谦和的日本老人的热度。

他对鲁迅的把握和丸山升、木山英雄不同，史学的因素和社会学的因素都有。他很会从东方人的感觉里去考察文本，并审视思想的内核。《从"耻辱"（"羞耻"）启程的契机》是一篇重要的文章，他说鲁迅的作品一直有着克服民族陋习的意志，这是对的。从这个角度出发，他发现了鲁迅对罪感和自我有限性的问题。但丸尾不是从哲学层面讨论它们，而是在伦理的层面思考鲁迅的自我批评的动机。他说：

> 不过，这种"耻"意识归根结底是"否定性的"，因此，不能不是被客体的、主体的条件相互制约着，不断地"恢复"或者寻求"肯定"的动态意识。后面将要述及，我认为，鲁迅的文学生涯是把"耻"意识作为一个重要的契机而启程的，但是，我也不想把"耻"意识确定为鲁迅文学的本质。"批评"只要是获得作为总体性"批评"的否定、肯定的立场，作为"自我批评"的文学，就会以"耻"的意识作为出发的一个契机，同时，总是通过其"恢复"过程，或者在"恢复"之后，呈现其整体姿态。（页七）

从这个角度切入鲁迅的世界，可以看清许多问题。说鲁迅有耻辱感，不是夸大的说法，我们在其文本里不正是可以常常看到这些吗？仙台的幻灯事件，以及后来东京的诸多感受，都可以做一些注解。那时候他感到满族统治下的中国，从形式到内容，都有落后于世界的地方，从对比里，就看到了华夏黑暗下的生命的悲哀，没有什么可以夸耀的生命之色，黎民早就被压抑到无声里了吧？

对这个问题最好的证明，大概就是后来创作的《狂人日记》。丸尾从对这篇小说的解读里发现，鲁迅的罪感由己及人，又由人到己，内在的张力是强烈的。这种感觉，是生命里最浑厚、伟岸的存在，在日本也是罕见的。从小说里，能够感受到鲁迅的强悍与灰暗、力量与斗士风采都有。在这里，鲁迅的罪感由自身扩大到更广阔的领域，他对中国文化的基本判断，是在此可以看到一二的。

丸尾认为，鲁迅所认为的不吃人的人，是真的人，而吃人者，则必是前者要改造或消灭的对象。这就引来了"先觉"与"后觉"的概念。鲁迅是以一种"先觉"的姿态进入与世界对话的通道的。那结果是必须要有牺牲的精神。而鲁迅所谓的牺牲，自然也有"耻辱"感中的自我凝视。他指出：

《狂人日记》描写了这种"先觉"与"后觉"的矛盾。只是作品展开出乎意外地显露出来"先觉"自身的"罪"与"耻辱"，两者之间横亘的沟壑由"耻辱"的共有所填平。留学时期由拜伦式的热情与英雄主义所超越的"人道主义"与"个人主义"的矛盾，被追求"耻辱"的恢复的先觉者的"自我牺牲"与"进化"的意志暂时搁置起来。（页一二四）

这段论述十分精到。可以说，由此可以进入到鲁迅更深切的世界里。在复杂的语言中，梳理出核心的思想，有时候并不容易。这里，丸山升与木山英雄给了他很大的启示。木山英雄解释鲁迅文本的时候，注重内心强烈的冲突，这给了他很大的参考。他也顺着木山的眼光，开始审视由鲁迅渐渐悬置的"耻辱"。而给他带来兴奋的，无疑是《野草》的文字。这个日本学者从这些复杂的、缠绕着玄学的文本里，看到了鲁迅世界隐秘的一隅。

丸尾讨论鲁迅的文本时，不是像木山那样进入诗一样燃烧的境界。他在与对象世界对话的时候，显得异常冷静。在分析《野草》的背景时，他对原始资料的把握，不亚于中国的同行，而行文中的构架，却又有日本学人的先天优势。他用了社会学家通常使用的社会哲学的词语，描述对鲁迅的感受，有着异样视角的深切感。比如，谈及鲁迅精神特点时，他这样概括自己的感受：

如果放大视野来看，问题就关乎到鲁迅的"生命的连续性"与"生命的一次性"的激烈矛盾。一般来说，动物的一生是在"生的一次性"（个体的保存与发展）与"生的连续性"（种的延续）的严酷矛盾的基础上度过的。譬如大马哈鱼，向其故乡之河的回归，是为了种群延续之旅，同时也是自己的死亡之旅，在他们来说，种群的维持，就意味着个体之死。太田尧《所谓教育是什么》（岩波新书，一九九〇年）指出，动物随着逐渐进化，不断提高其生产与养育的程序和办法，一点点地缓和二者之间的矛盾。的确可以说，在我们人类，这种矛盾也在日趋缓和。只是我们从未了解"生的连续性"而压抑"生的一次性"的社会制度下获得划时代的解放，历史性地看来，毕竟还是最近的事情。至今两者矛盾激化的现象并不鲜见。鲁迅看到传统社会是为了"生的连续性"而压抑"生的一次性"的社会，为了构建二者并立成为可能的"人国"，决意牺牲自身"生的一次性"。鲁迅《狂人日记》所建构的他的"进化论"，就是建立在允许这种"自我牺牲"的基础之上。

鲁迅对他的这种"进化论"忠实地身体力行。这就是前引《两地书·六二》所述的那种生存方式。然而，"彷徨"期的鲁迅，其"进化论"渐次解体。被压抑的

"生的一次性"为寻找突破口而痛苦地挣扎、呻吟。鲁迅的"人道主义"与"个人主义"的矛盾，逼促他不能不寻求用另外一种话语来表述这种现象。

《野草》就是这样一组连续性很强的诗篇：以丰富多彩的表象来表现鲁迅自己建构并用来规约自我的思想之崩溃，由此带来内部的冲突与苦闷，尝试着走向新思想的凤凰涅槃。（页一三〇）

从这样的视角来看鲁迅，是典型东方式的理解。西洋学者要细致地感受到这些，也并不容易。我觉得他对这个问题的发现，与自己的日本经验或许有关，一九四五年日本战败后，整个社会笼罩着悲观的氛围，左翼知识分子最初对帝国主义的侵略问题发出批判之声，认为是日本近代以来的耻辱。孙歌在分析丸山真男的思想时，指出日本战后的文人，对自身的问题缺乏深切的解剖。丸山真男却试图从日本内部的问题出发，解决日本文化的盲点。他在论述日本的肉体文学的问题时，把社会上流行的日本问题与西洋问题的二元对立颠覆了。丸山真男的价值，可能是孙歌所云"关注那些在既定法则之外的现象"，孙歌引用丸山真男的话说，"外在的足迹无论有着多大的转向和飞跃，在其精神发展之中起支配作用的却是其自身无法摆脱的法则性，这恐怕是自古以来值得被称为思想家的人们的通例"（孙歌《文学的位置》山东教育出版社二〇〇九年版，页九三）。日本有多少知识分子有这样的思想，或者说受到这样的思想的影响，不得而知。丸尾先生是否也在这样的思想氛围里考虑中国问题，也待考证。不过，知识界如此深地反省自己的问题，则无论如何都是件有挑战的事情。丸尾常喜的写作不也有这样的意味吗？我们这样说，不是论证他的出发点，可是他的背景有这样的因素，也是可以理解的。恰是在这样的背景里，他找到了中国学者没有的视角。这也是我们为什么从其文字里读到中国学人没有的元素的缘故。

当近代性不可避免地进入我们的生活时，东亚人面对生存选择就有了与既往的伦理不同的路径。而遭遇近代个人主义与科学理念时，既有的精神大厦也随之倾斜了大半。在这样的进程里，日本知识界发生了变化，夏目漱石、芥川龙之介都走了不同的路。小林多喜二、丸山真男也各得其径。但就精神的巨创所带来强烈冲击而言，鲁迅则无人过之，似乎有更沉重、更惨烈的一面。丸尾在与鲁迅相逢时，是意识到此点的。他津津乐道于此，也不是没有道理。

《野草》的存在既给他带来兴奋与刺激，也让其产生了诸多困惑。他在其间依然感受到了其耻辱感的延伸，而且靠着精妙的语体和深邃的意象，将此更深切化了。如果一个作家的耻辱感只是在私人的语境里盘旋，没有众生相与自己的关联，总是短小的。鲁迅在《野草》里展示的世界乃个体生命与历史的缠绕与互往。他的罪感不在自我的恩怨得失，却在为众人牺牲自我、遭遇劫难中展开。这让丸尾十分震惊，他从中看到了一个受难者的形象，而这个受难者，恰恰是耶稣式的。鲁迅自己就借着对耶稣的描述，展示了自己奇异的心绪"赎罪""复活""复仇"等意象，有慈悲者遭受磨难后的悲壮。丸尾在解释《复仇》时感慨地说：

> 鲁迅所描写的耶稣决不愿舍弃对于民众的悲悯。舍弃了悲悯，就意味舍弃了耶稣之所以为耶稣的本质。若只是选择"诅咒"，那将是耶稣的败北。自始至终，都

把"悲悯"和"诅咒"融合为一，在这样的"大苦痛"中挣扎生存，一心想要沉浸于它所带来的"大欢喜"和"大悲悯"之中。这就是鲁迅理解的"复仇"。然而这样的痛苦达到顶点，那就是耶稣的腹部波动起伏的时候，地上一片黑暗，耶稣知道了自己已经被神抛弃。（页一八九）

在鲁迅的文章里，很少出现耶稣的形象，他在《野草》里描述其受难的瞬间，的确意味深长。他用《圣经》的故事，镶嵌在自己的诗文里，也许是那镜头勾起了内心的一种经验。丸尾先生看到了这种经验，他没有明说，读者分明会体会到这一点。我们从这里出发探索作者当时的心境，是能够得到一些启发无疑的。

在我看来，鲁迅的耻辱感是在这个层面交织着更深的情怀的。《狂人日记》不过是对个体生命与环境间的无奈的展示，到了《野草》那里，个体的生命的各种痛感与经验都出来了，而且纠葛这生命的本然。度苦与度人者，被所怜悯的庸众所辱，施爱的结果是遭受唾弃，那是怎样的悲哀。这样的耻辱比外敌的蔑视、侵略更残酷与无情。中国社会本质中的游民文化的辐射，无所不在。《野草》是受创后的一种冷思。我们从鲁迅的痛中，不是看到了整个社会的麻木、冷漠与无情吗？

丸尾的笔触到此就终止了。其余的更悠远的世界，他似乎无力把握。那是中国的隐秘，鲁迅在无绪的词语里，扩大着精神的空间，和他精神的范围。中国的深于世故者，可惜往往没有诗情。倒是鲁迅以穿越世俗的目光，把底层经验与黑暗体验，以纯情的方式呈现出来。但这种纯情，进入到逻辑世界达不到的地方，所有的因果关系都错位了。在没有颜色的角落，是多彩的文辞休眠后的瞭望；而从没有路的旷野里，一条带血的足迹犁出的思想之径却隐隐出现在我们的视野里。最美的词语可能就在那沉默的瞬间里。我们听到了鲁迅的不是表达的表达。经验哲学那些漂亮的词汇，在无词的言语面前也苍白着面孔了。

这是一种怎样奇异的世界呢？丸尾常喜在这些文字间，和我们中国的读者同样地激动着。而他在这个激动里，带来了我们中土文人内心所没有的另一种耻辱后自省的意识。那就是恢复人的尊严和内省力吧。没有内省力的思考，是苍白的思考。鲁迅启示他的地方，可能就在这里；而日本社会给他的经验是否如此，只能猜猜而已，真的情况，那就不太知道了。

二〇一一年六月十九日

# 又见坂东玉三郎

十一年前在东京游玩，靳飞兄请我看坂东玉三郎的演出，第一次感受到歌舞伎的魅力。至今记得那天的场景，舞台愉快的氛围里，对白轻柔委婉，其自如的神采，一时不知使多少人为之销魂。坂东玉三郎在神态上，让我想起照片里的梅兰芳，行影颇为相似。我私下暗想，当年的梅兰芳在北京演出，其效果也是如此吧？男旦艺术，不知道是否乃东方所固有，我对此颇多不解。自从有了那次看剧的经验，才渐渐有所领悟。但也因了是域外的偶遇，未及深思，此后相关的话题就很少忆及了。

靳飞和坂东玉三郎成了朋友，这我是知道的。但他们后来有了惊人之举，搞起中日版的《牡丹亭》，主角正是这位歌舞伎大师。五月初的一个雨日，在湖广会馆再次看先生的演出，真的神哉妙哉，汤显祖的清词丽句，无量的幽思，被精妙地还原出来，如梦如幻、似云似雾，飘动着古典的忧郁的美，幽微的世界里神奇的存在也纷至沓来。那一天，外面的雨似乎为戏台间的人助兴，惆怅里是清寂的冷思，真幻之间，虚实之事竟连成一片了。

坂东玉三郎真是个奇人，他在舞台上颇有仙气，完全像块天然之玉，美得透明。举手投足，毫不做作，真情流泻无伪。他对中国古女子内心的情愫的把握，细腻而委婉。据说日本古时没有中国那样的"理学"的影响，女子也未受中土女性之苦。但坂东先生能体贴地理解中国女性内心，真的让我吃惊。日本的审美里有淡淡的哀凉在的，过去读永井荷风的散文，就有寂寞的感觉在，远边的幽暗与己身的孤独，苦雨一般散着，流溢着微末的希冀。我不知道坂东先生诗文爱好特点是什么，但气质里有这样的因素，这些和汤显祖的意象流溢在一起，哀怨之思反而更浓。借着梦幻游历，苦思皆有幻化，痴情总成善音，已看不到是东洋的色调和中土韵味的差异了。

明人王思任在《批点玉茗堂牡丹亭词序》中说：《牡丹亭》"情深一叙，读未三行，人已魂销肌栗"。这样的感触，差不多观者都有。同代人赞赏其才情者，还有许多。陈继儒《牡丹亭题词》说："夫乾坤首载乎《易》，郑卫不删于诗，非情也乎哉！不若临川老人括南女之思而托于梦。梦觉索梦，梦不可得，则至人与愚人同矣；情觉索情，情不可得，则太上与吾辈同矣。"按许倬云的理解，汤显祖的时代，王阳明的思想在文坛开始流行，以情感的真驱除理学的伪，被人接受。《牡丹亭》的出现，是反理学的产物。我觉得是对的。作品乃文人的感伤之调，大胆写人的情爱，含蓄而自然。内里却千回百转，心魂为之憔悴，是青年人的梦境的写真。剧作用词很雅，又不酸腐，是压抑的心性的自由的喷吐，和活的人生鲜活地结合在一起，遂有奇意涌动，让人情思俱动，有婉转不已的真情在。我们今人阅其文字，想到古人的恩恩爱爱，真的觉出人类的宿命。今天的人又何尝不在相似的笼子里呢？

坂东玉三郎一九五七年开始登台表演，如今扮演二八少女，毫无年龄差异，一动一静间，眉目含情脉脉，声音轻柔温和，如古筝慢语，含沧桑之韵。形、神明暗交错，不觉拟古，仿佛我们今人的生活，诸多烦恼与愁绪扑面而来。最为感人的是死而还魂的一幕，男女相逢，终结良缘，悲喜之中，人间苦乐，仪态绝矣。一切美好的存在，竟在虚幻之中，吐出人间的无奈。这里不仅有词的婉约之美，也带着东方哲学的独白，昆曲看似俗世的流彩，其实也是哲人的吟哦。它的雅，也许在于有通往彼岸的神思在，把人不自觉地引向形而上的高地了。

靳飞说，三年前，先生来京演出《牡丹亭》，恰逢汶川地震，便将演出款完全捐赠给灾区。此次日本仙台等地遭遇巨灾，先生又把收入捐赠给故土的人民，看出他的拳拳爱意。美的艺术，乃赤诚之人的杰作，非善人莫为。不独古人如此，今人亦然。戏剧史上的这一页，总该被记上一笔。

二〇一一年五月十日于济南

# 伍尔夫之舞

　　我很少读批评文章，虽然自己差不多写的都是批评类的随笔。不读批评或少读批评短札，倒不是逃避追问，而是常常觉得一种无趣的东西藏在里面。通常的情况是，一本本来还有点意思的小说，经由批评家之口一说，就完全乏味了。懂得批评的，有时未必是吃此种饭的人。例如小说家，如果修养很好的话，就可以写出惊人的品评文字。小说家如稍加留意，谙于此道又超越于此道，就足以使操批评枪的人丢掉饭碗。

　　中国有几位小说家是写过好的批评文字的。茅盾当算是一位，钱锺书也很有力量。当他们用挑剔的目光打量文学的街市时，常常发出奇怪的声音。但我们的小说家大多不爱出来去议论别人，说不定是道德因素起了作用。读过几本外国作家的批评文集，完全不像中国人那么温吞。博尔赫斯的广博，卡尔维诺的机智，我们在搞文学研究与评论的人那里，何尝能看到呢？好的小说家也应是高超的鉴赏者，读书人对这一看法大多是认可的。

　　我在几年前读过英国作家维吉尼亚·伍尔夫的小说，印象很深。去年十月间去台北开会时，在诚品书店意外地遇到她的一册《书与画像》，便买了下来。我没有想到她会给我如此大的冲击，好像被潮水席卷了一般，久久都沾着那些清凉的水珠。伍尔夫简直是一个舞动的魔女。她挥动着衣袖，将一幅幅迷人的图景展示给我们。解析的文字是清秀透明的，完全是直觉与理性的碰撞，带着电流般的信息，接通了淤塞的认知领域。什么叫豁然开朗呢？伍尔夫的笔下舞姿带来的，就有点类似的意味。

　　她缔造了一个自己的世界，漫步在各类作家作品之间，自由自在地阅读和书写着。读书的感受力之好，传达心得的精妙，我在中国的批评文字与书话间还没见过。我们的读书人每每遇到心仪的作品，大约是徜徉于享受之中的。或者匍匐在上面，犹如醉酒者那样有种天然的满足感。伍尔夫的札记没有这些。她和形形色色的作家对视的时候，没有一点仰视的神情，也非傲气凌人的样子。我觉得她的内在感觉是超常的，能够领略到文本中的隐秘。议论作品时，毫无学究气，四面是虎虎生气，不是套子中人的言语。写过小说的人，在凝望别人的作品时，有学习的惊疑，也有经验主义的挑剔。重要的在于发现自己未发现的东西，从中阐释人未能注意的存在。我在接触她的汉文译本时，第一次领略到真正批评的美妙。我相信那文字有许多更深切的东西未能转换出来，透过汉字能够嗅出其间的生命热力。批评是心与心的映照，以自己的经验穿透人间的梦幻，去体察对象世界的经纬，看尘埃的起落。生涩的批评家不会体会到这一点，他们往往在未进入对象世界的深处时便夸夸其谈，自以为看到了玄机。于是自说自话，殊为可笑。

《书与画像》有多篇文章让我惊叹。作者并非自我封闭
的人。她理解别人时所表现的通达是一般人并不易做到
的。而挑剔毛病又那么冷峻。她的读书札记都不长，和
中国旧时的小品差不多。但性灵之光让人目眩，看似随
意的感悟，却沉淀着思想的化石。她不是道德化的人
物，也绝非狂放的自由人。伍尔夫是清澈泉边的莲花，
呈现的是纯美的东西。在描写屠格涅夫、陀思妥耶夫斯
基时，有对人性的温情的洞悉。我以为她与这些俄国人
是两种根本不同的类型人物，但却接受了那些迷人的东
西。你看她解读俄国人时与我们中国人是何等不同。我
相信中国译者最初译介俄国小说时，出发点与英国人略
有差异。华夏社会需要的是精神闪光，说是启蒙意味也
是对的吧。而伍尔夫感兴趣的却是国民性，以及声音、
色味和人情的表述。人何以能用自己的笔伸入到看不见
的世界，并表现它们？智性的维度在哪里？拓展的方式
又在什么地方呢？当注意到这些问题时，读书札记的风
格就迥异于一般的写作者了。关注的主要是智力活动的
方式，以及其间的有限性。伍尔夫感兴趣的永远是那些
向极限挑战的人与文。她在陀思妥耶夫斯基那里看到了
转瞬即逝的闪光里折射出的永恒，且大胆地咀嚼着那种
永恒之物。在梭罗的人生脚印中捕捉到了人生中的满
足。这满足用她的话说："不是那种不假思索或自私自利
的满足，当然也不是无可奈何的满足，而是那种因为对
自然的智慧有恰如其分的信赖而感到的满足。"谈到诗
人托马斯、雪莱、华兹华斯等人时，并不以己身好恶臧
否人物，而是发现各自的优长，而且观点都是纯粹审美
式的打量，并不掺杂己念。阅读上述的片段，我得到的
远不是美学上暗示，让我兴奋的是一些感性的问题和深
层的理性表述，竟在一种随意的札记里精彩地达成了。

通常在我们这里，批评家不知道要费多少口舌呢！

在汉语写作圈子里，批评是一个很弱的领域。钱锺书年轻时，曾写过一些读书笔记，以冷静之笔笑谈过身边的文人。那些批评文字我至今仍抱有好感。只是他写得太少，一个批评家的路就这样夭折了。伍尔夫的译本让我想起我们的批评史。不知道为何，好像照出我们的残缺来。她是跳着走向读者的，我们呢，好似拄着拐杖。钱锺书当年有一点伍尔夫的样子，后来也带上了拐杖。持重多于轻灵，深沉浓于清淳。是失是得，就不好说了。

二〇〇五年十二月三十一日

# 谈《安娜·卡列宁娜》

许多人不太喜欢列夫·托尔斯泰的作品，以为他太说教了。但其实这是结论式的印象，具体阅读他的小说，却会有非概念化的诗意的感受。在思想贫困的年代，他的文字具有一般文本不可替代的价值。读过列夫·托尔斯泰作品的中国人，印象深的是他的圣者形象。作家本色应是什么，他给出的答案似乎覆盖面最广。列夫·托尔斯泰教会中国人许多东西，自律、拷问、内省、自救等话题，属于人生哲学的部分。如果找一个标本性的文本，当是《安娜·卡列宁娜》吧？我多次读过此书，觉得学写小说者，这是很好的指导性的作品。茅盾当年写《子夜》，提纲的确立与结构调整，都看得出列夫·托尔斯泰的影子。巴金的《家》，也有几分《安娜·卡列宁娜》《复活》的元素。二十世纪八十年代张贤亮《绿化树》《男人的一半是女人》的出现，飘动的就有托氏的幽魂。或者不妨说，没有列夫·托尔斯泰，大概就没有中国文学里的人道主义低语。这是和儒家传统不一样的存在，托氏把一种形而上的冲动带给了我们。

文学需不需要说教？这是近代以来争论过的题目。康德主义者以为文学不应该在功利的层面停留，超功利才最为重要。但我们看世界上有意思的文学作品，背后还是有思想启迪的功能，说教的意义无意中还会流淌出来。在一般作家眼里，列夫·托尔斯泰不仅仅是诗意的存在，而是重要的思想者。但他的思想不是德国哲学中智者的东西，而是跨越智性的道德化与宗教化的文本。他在文学里思考哲学，但看不到生硬的影子。他是一个基督徒，而且与一般教会里的基督徒不同，许多思想与教会制度下的认识是不同的。他的思考在那时是走在知识界的前面的，十九世纪七十年代，俄罗斯知识界的思想驳杂，列夫·托尔斯泰有别人没有的睿智之眼，其文字留下了精神上的光洁之点。

列夫·托尔斯泰对于作品思想性，看得比一般审美元素更重要。但他是从生活细节透露自己的思想，所以，一些思考隐含得深，立意复杂，他的意图伦理与审美伦理并不在共振的层面。正因为其审美中呈现的问题大于自己的意图，他的说教就淹没在诗意的细节里了。

让我们谈谈《安娜·卡列宁娜》吧。

列夫·托尔斯泰写安娜这个人物，把人欲与天意的对立告诉世人。但又不是在简单地说教，而是从生活的原则里，暗示出复杂的生活内质。《安娜·卡列宁娜》所以吸引我们，因为涉及人日常生活最基本的东西。爱情的本质是什么？什么是合理的生活？作者以安娜的爱情故事，串出上流社会的各种精神难题，又在安娜身边的熟人中，牵涉出俄罗斯社会底层与知识界的各种声音，整个社会的氛围，以杂味的方式与读者有了对话的机会。

安娜的气质与思想，都很美。列夫·托尔斯泰对于她，赋予了许多梦幻的诗意。一方面，正面描述其楚楚动人之处；另一方面，从侧面以不同人的眼光勾勒其与世俗不同的精神。她因为无爱的婚姻，内心有大的悲楚。寻找属于自己的爱情，并无错处。但在那样的环境里，贵族社会是不能完成自己的梦想的。她与弗龙斯基的爱，其实是一个幻影的迷惑，被许多外在的东西诱惑了。列夫·托尔斯泰觉得，在错位的精神结构里，真正意义的爱是难以实现的。她在通往自由之路上，要遇到许多苦难关口，伦理的关口、法律的关口、心灵的关口。即便自己的选择意愿是对的，但结局并不正确。心灵之往与上帝之意相悖，最后的归宿只能是死亡。

在一般人眼里，安娜的丈夫卡列宁是个省长，物质条件很好，自己又可以在上流社会出出入入，是上层的人物。可是安娜感受不到个人的爱情与欢快，自我是缺失的。她的美丽并没有得到心灵的呼应。周围是一个无趣的世界。当弗龙斯基出现在面前的时候，她便被他浪漫的飘逸之影所吸引，不久投入到那火的爱欲里。罗曼·罗兰形容，"《安娜·卡列宁娜》里的爱情具有激烈的、肉感的、专横的性质"，这恰是悲剧的另一缘由。她在投入爱情怀抱的时候，突然感到失去了儿子的恐怖，这比社会舆论更为让人难忍。一个门口闯过了，进入另一个迷津里。而最为可怕的是，弗龙斯基是一个不可信任的浮华之人，他其实除了欲望与虚荣，并无特操可言。小说开始描写他勾引谢尔巴茨基公爵小女儿基蒂的画面，已经暗示了他轻浮之态。他有很好的家庭背景，母亲年轻的时候是个交际花，对于上流社会的一动一静颇为了解。他爱上安娜的瞬间，多是本能的闪光，这种没有精神支撑的爱情持续的时间很短。安娜不久就感到在弗龙斯基那里，心灵的契合无间是难的。弗龙斯基在婚后也发现，自己的空间因了安娜变得狭窄起来，安娜对于上流社会的冒犯，对于自己的过度敏感，在限制自己以往的自由生活的节奏，爱情至上导致了生活的混乱。他们间的悲剧就这样不可避免地产生了。

为了突出安娜的悲剧，列夫·托尔斯泰写了众多人物不同生活的侧面。上流社会的形形色色的存在，印证了安娜不能脱离自己的苦运。在不合理的生态里，以最高的代价追求自由的安娜，得到的却是最大的悲剧。那些苟活者和顺生而去的人们，却依然在旧有的路上。觉悟者的悲剧才是真的悲剧，按照惯性生活的人们，倒收获着自己的世俗之乐。

列夫·托尔斯泰欣赏逆流而上的人，列文的形象就有一丝反叛旧习的意味，但他懂得克制，并且在挫折面前能够调整自我的内心。安娜不行，她为了自我的实现是不计后果的，纯然的精神很快受到玷污，自己的精神之旗终于陨落下来。所以，克制当以上帝的意志为准绳，否则一切皆空。列文后来的路，是遵循了上帝精神，有圣者的光亮的照耀。在这种对比里，人们看到了不同的命运结局。

安娜与列文都是真诚的人。不同的是前者的选择是没有退路的死径，后者则得到大地之情，从劳动与创造里获得新生。两个美丽的人物，进入不同的空间里，所获也自然不同。列文很能理解安娜的现状，对于她身上的气息有一种亲切的感觉。他们有一点是一致的，那就是坦诚无伪。小说这样写道：

列文在他已经非常喜爱的这个女人身上看出另外一种特点。除了智慧、温雅、端丽以外，她还具有一种诚实的品性。她并不想对他掩饰她处境的辛酸苦辣。她说完长叹了一声，立刻她的脸上呈现出严肃的神情，好像石化了。带着这副表情她的面孔变得比以前更加妩媚动人；但是这是一种新奇的神色；完全不在画家描绘在那幅画像里的那种闪烁着幸福的光辉和散发着幸福的神情的范畴以内。［（俄）列夫·托尔斯泰著，周扬、谢素台译：《安娜·卡列宁娜》，页七五七，人民文学出版社二〇一五年版］

列文是一个善于理解他人的人，并不在自己的小的范围里思考问题。他总是以换位的方式打量世界。这样就是鲁迅所云"关心他人的自己"。他不仅能够理解贵族女性的世界，也颇能体察底层农民的生活。作品里那些大量的关于农场改革与俄国农业问题的思考，都是一般贵族知识分子忽略的内容。安娜的悲剧，其实是没有列文的生存空间与世界观。虽然列夫·托尔斯泰笔下的列文也一直在焦虑和不安里寻到了自己的归宿。

在小说里，列夫·托尔斯泰落笔的后面一直有宗教的神启在里面。这是巨大的辐射，在列夫·托尔斯泰眼里有无量的热能。但上帝下面的人间，却是无数的曲径，人们各自在不同的颠踬的路上，他们多是迷失了未来的人们。我们的作者在替上帝悲悯地打量一切，且将那些沉没的灵魂一个个召唤出来。安娜只是生命的一种类型，列夫·托尔斯泰觉得，这个女主人翁身上集叠的人间气息，离上帝之光是远的。她的同类也一样在这样苦楚的境况里。

小说写了众多的人物，除了安娜、弗龙斯基、列文、卡列宁外，多莉、基蒂、尼古拉等也给人印象深刻。列夫·托尔斯泰在思考现实的问题时，有自己的逻辑，但这个逻辑和生活的逻辑不同，他对于日常生活的描述，是忠实于自己的感受的，有写实的优点，概念的因素被淹没在深处。这是艺术家必须的素养。但他又不满足于这样的感知世界的方式，总想在谋篇布局里，渗透自己的哲学。我们看他的小说提纲，当可以感受到此点。

列夫·托尔斯泰的审美是在悖论里建立起来的。他毫不掩饰自己对于认知的困惑和茫然，因为在生活里看到的不是和谐的东西，那些都存在于自己的想象里。所以，在描写人物时，亮处的暗影、笑里的泪水及流畅的笔触下的苦涩，都对应地杂织在一起。在安娜卷入对于弗龙斯基的爱意之潮的时候，他的叙述里呈现的是"安娜不可饶恕的幸福"，在她快慰的背后，受苦的意识暗自袭来。而弗龙斯基如愿以偿后，"他很满足，但是并不长久。他很快就觉察出有一种追求愿望的愿望——一种苦闷的心情正在他心里滋长。不由自主地，他开始抓住每个瞬间即逝的幻想，把它误认作愿望和目的"。两个人在追求梦想的时候丧失梦想，花朵开放的瞬间，陨落的时间也开始降临。

安娜的丈夫卡列宁也是一个值得分析的人物。他在官场上过着一种机械的生活，日常之中缺乏趣味。对于宗教与道德，似乎没有逾矩的缺失，但唯一缺少的是与爱人的心心相印的厚爱，以致家庭的冷战气氛。这给了安娜一种苦味。但列夫·托尔斯泰并没有把他写成恶魔般的人物，而是切身体味他的不幸。当得知妻子与人私奔时，痛苦之余选择了宽容，而在维护个人尊严方面，做了尽量的让步。他的存在对于安娜是一道暗影，而对于一般男人而言，未尝不是常态的选择。这里看出列夫·托尔斯泰对于不同性格与品质的人生的宽厚之情，在上帝面前，每个人都有自己存在的理由。

列夫·托尔斯泰善于制造紧张、难堪的画面。在对立人物的相遇的场景里试炼每个人的灵魂。弗龙斯基见到自己的情敌卡列宁的一幕，写得出人意料。卡列宁在自己家门口看到闯进来的情敌，咬着嘴唇，把手在帽边举了举就走了。既无决斗的意思，也非逃逸的表情，弗龙斯基想："假如他要决斗，要维护他的名誉，我倒可以有所作为，可以表出我的情感；但是这种懦弱或卑怯……他使我处在欺骗者的位置上，我从来不想，而且也决不这样想。"这种处理有反差的效应，花花公子与官僚机器、木偶般的人物间的各自心态，表现得栩栩如生。而列文与情敌弗龙斯基的偶遇，则另一种状态，彼此似乎都前嫌尽释，列文的大度表露无遗。这些细节都是人物性格表达最好的地方，也是差异性的呈现。上流社会的潜规则与生态，就这样浮出水面。

在《安娜·卡列宁娜》这本书里，也经常看到一些不可思议的怪人。这些在托尔斯泰看来是社会畸形的产儿。比如，列文的哥哥尼古拉，这位曾经有着禁欲主义色彩的思想者，后来倾向于社会变革，但因为无法解决现实的矛盾，而陷于虚无与绝望之中。我们在小说中看到的兄弟两人完全不同，列文有灿烂的一面，尼古拉则带有陀思妥耶夫斯基笔下的颓废者的面型。哥哥的选择在弟弟看来自有道理，但在现实中出现的无力感却使其选择的意义丧失了大半。列夫·托尔斯泰对于社会主义者抱有疑虑，而对于列文这样保守的但有责任感的思想者却留有温情。当知识界在西方自由主义或社会主义思想影响下四处寻路的时候，列夫·托尔斯泰看到的却是远率上帝的迷失之图。

在许多作品里，列夫·托尔斯泰喜欢借助主人的对话表达对于生命哲学以及现实俄国的态度。人们说他的作品喜欢说教，大抵就是这样。

比如，上帝存在吗？我们该如何按照上帝的旨意生活？安娜选择自己的生活无可非议，但在教会看来，这触犯了禁忌。可是那些按照教会的指示生活的人如卡列宁，却毫无人情与趣味，呆板得像个机器。这是人的应有的生活吗？列文参加宗教仪式的时候，因为自己既不能确定参加仪式是否有意义，又不能确定自己是否错误。他以为这样是一件羞愧的事情，自己未尝没有惭愧的地方。在与神父见面的时候，他承认自己怀疑上帝的存在，认为自己是一个无法看清上帝有无的人。这种迟疑不定的心理活动，恰是列夫·托尔斯泰一生中面临的一个问题。作者安排神父与列文的对话，其实在纠正内心的矛盾。在托尔斯泰看来，走向上帝并不容易，人是很容易迷失在无知的苦地的。

《安娜·卡列宁娜》唯一清醒的思考者列文的行迹，是作品里活的灵魂。他并非完人，自己内心的凡人之趣与褊狭之见也并非没有。但他在各种环境里不放弃的恰是自己的追问，这与上流社会的昏庸、无聊产生了很大的反差。在作者看来这是存在的意义所在。虽然并不知道自己的路在哪里，但那种对于无限的善意的追求，就与无聊、昏聩的生存脱节了。

小说结尾的地方，列文有一段自言自语，恰是作者的心情的外露：

我在探求人类各式各样的信仰和神力的关系。我在探求上帝向这星云密布的整个宇宙显示的普遍的启示。我究竟在做什么？对于我个人，对于我的心，已经无疑地显示了一种远非理智所能达到的认识，而我却顽固地

一味想要用智慧和语言来表达这种认识。（页八八三）

在列夫·托尔斯泰那里，这种真诚的独白无疑是自己写作的注解。他知道自己的限度，但却有超越限度的善良意志，面对一切困惑和选择，追求善于美的路是没有完结的。我们在可怜的世间遭受着各种苦难和不幸，但挣脱这样的不幸是我们的责任。写作也是这种挣脱的象征。艺术不能解决我们的困惑，但却有助于从凡俗的苦恼里解放出来。在这个意义上说，列夫·托尔斯泰开启了现代人在文学中自我拯救的新途。

二〇一八年一月二十二日

# 韩国的诗魂

　　韩国离我们很近，可是我对其所知甚少。至于那里的文学，就更为模糊了。我周围的人，差不多也是如此，他们把眼光都放到了欧美，对东亚，关着瞭望的窗户，这是中国人的世故。

　　后来我有了去韩国的经历，看过那里的美术作品，听民间歌手的歌唱，以及民间思想者的演讲，忽然有一种了解的冲动。最早是与朴宰雨、李泳禧的接触，便感到他们思考问题的深。用鲁迅的话说，那里有一群独立的知识阶级。我对那个国度的艺术与思想，开始发生兴趣。

　　我认识的第一个韩国诗人是金光圭。初次见面便有久违的朋友之感。中国出版过他的诗集，那些短章是哲思的散落，在荒野里的绿色，投射着爱意。我的印象里他不是唯美的诗人，也非卖弄学问的文人。读了他的诗文，被那阔大的情怀感动了。在人们看来没有意义的地方，他的思想却在奔流，冲刷着凡俗的尘垢。这令我想起中国的北岛、王家新，没有想到我近年来的困惑也在此中得到舒缓，那些诗句仿佛也是写给中国人的。

金光圭很帅，完全像个得道的高人。他微笑的样子很美，目光没有一点杂质。和他交谈的时候，觉得一种安详的氛围。这安详里的氛围，总觉得有深的幽情在涌动。他的诗歌不是生涩的游戏，乃大爱者的忧思。那内觉像水一样清纯，也时时卷动着神秘的波纹。这是一个思想者的独语，向着日常生活发问，也向着神奇的旷野发问。在经历了专制、革命的激流后，他的文字没有一点遁迹山林的自赏。习惯于追问心灵的隐秘，并拷问着内中的暗影。那些诗句在朴实的字句后，有着肩负沉重的果决。这一切，似乎也展示着我们东亚生活的一部分。

一个人如果到了中年后还在写诗，那一定是有童贞的美质。金光圭表达的一直是一种纯粹性。《模糊的旧爱之影》写革命后人们沉迷于日常后的精神走失，隐痛里是斗士的不断进取的一面。那种坚守精神的清洁性的独白，乃夜火的朗照，让人感到散出的无边的暖意。人很易陷入苦难的大泽，而能挣扎着直面它们，不仅要有勇气，还应附之于智性。金光圭的诗有智性的一面。他在《我》里对人性迷失的哀婉，在《古老的疑问》对生存悖论的拷问，在《小男人们》中对知识群落精神矮化的警告，都是坚守的自觉。阅读那些凝聚着苦乐的文字，我觉得也完全适用于中国的知识界，那也是一剂苦药，可以医我们的痼疾。

有的时候，从他惆怅的神采里，可见到优雅的灵光。他制造了神奇的意境，却不是简单的理念的宣泄，总有悖论的出现。比如，《灵山》对那座云雾缭绕的存在的描述，引人感伤。它消失在人们的视野里，凡庸主宰了我们。可是，他内心那座灵山会消失吗？不正因为有一座神秘的存在，才在没有路的地方滑动着，走我们前人没有见到的路？他希望青年不要耽于幻想，创造的欲望从未消失。在《给我的子女们》里，他对走出封闭的自我，离别安静的生活的人，给予希望。这种人生哲学能和诗意缠绕在一起，乃儒者的情怀在起作用吧。

我不知道韩文的音调里，如何体现着那些美妙的意境，仅看译本就已经很知足了。金光圭是德国文学的研究专家，德国诗歌的因素影响了他是自然的。可是，我却在那里读到了东亚人的问题意识。他愤怒的时候，依然保持那种美丽的身姿，没有奴隶语言的媚态和戾气。这个从容的诗人，在残酷变化的世界里，保持了自己的高贵。

二〇一〇年秋，金光圭和朴宰雨来北京，大家举行了诗歌朗诵会。金先生站在讲台上，一下子吸引了我。这是我听到的最美的男中音之一，他苍冷而圆润的声音，像深夜的笛声，缭绕在上空。那些美丽的诗句和他的声音，幻化出一幅幅画面，在我的面前晃动着。心灵的期待、不安都在那苍劲的旋律里流出了。我听到了诗人天籁般的存在，它跨越了汉江，跨越了长城，在远东的天空下回旋。我们苦涩的历史因为有了这样的声音，变得有色调了。诗的声音才是我们存在的最美的见证。

二〇一一年九月三十日

# 关于周作人

周作人是鲁迅的二弟，一八八五年一月十六日生于浙江绍兴。一九〇一入江南水师学堂，一九〇六年赴日本留学，回国后在绍兴教书。一九一七年至北京大学工作。不久参加了《新青年》的编辑工作，成了新文化运动的主要参与者。一九三九年八月任伪北京大学文学院院长，后为伪华北政务会教育督办，成了附逆之人，遂落入黑暗之地。晚年苦译古希腊诸国文学，颇为清冷。所著之书很丰，译作亦佳，为现代文坛奇特的人物。

由于背了汉奸之名，他在社会上一直得到不同的评价，争议时间亦久。但作品和译著，一直在知识界流传，喜爱其文字者也队伍广大。其《自己的园地》《雨天的书》《瓜豆集》《风雨谈》等，被视为现代散文中的精品之一，史家每谈及散文的轨迹，不得不提及他。因为影响甚远，名字随在鲁迅的后面，故有周氏兄弟文体之誉，成了现代散文的领军人物。鲁迅此前曾对埃德加·斯诺说：周作人的散文是一流的。都不是夸大之词，成了知识界普遍的看法。我读周作人的散文已有二十余年，陆续也写过些关于他的书籍。在我的经历里，对有的文人打量后，不再有描述的冲动。但周作人是个例外，好像总有些新异的存在隐在后面，未得深切的认识。在一九二三年以前尚未与鲁迅闹翻的时候，他的思想和文风与鲁迅多有相似的地方。与鲁迅分道扬镳后，走了一条隐士和叛徒的路，也仍然与鲁迅在精神上有暗合的一面。比如，对正统文化的批判，参入个性的强调，以及域外人文传统的引入，别有一番苦心。无论在什么时候，他写下的东西都有浓郁的文化感怀，谈风俗，讲性心理学，言希腊旧剧，述日本学术，均是空谷足音，留下了思想的长影，孤独行走于路上。所写的文字似清淡，实则有大的悲辛，无奈与痛楚也略能溅出一二，使人感到思想的深处有不可理喻的复杂性。弄清其一生的学术痕迹，不下一番苦功是难得结果的。

　　早期的他与晚年心态在文化风范上差异很大。《新青年》初期写下的文章通体明亮，有昂扬的色彩。那篇《人的文学》与《新村的理想与实际》，都有点宣言和布道的意味，读后让人深深感动。二十世纪二十年代初写下的短章都有些锐气，似乎有改造社会的冲动，文字毫无书斋里的暮气。五四前后他写过许多文学批评的短文，在气韵上夺人耳目，见解鲜活有力。大概鲁迅的峻急也感染了他吧，思想是闪电般地呈现着，惊动了沉闷的读书界。后来的写作表面上有点消极，已没有了先前的热情，而背后的思想也不可小视，学识不俗，转而有些阴晦了。不过从中也能透出苦心，对社会的不满，视人性之险恶，偶于谈论古书中露出心绪，内在的批判更浓，只是不易被察觉罢了。这样的选择曾引起激进青年的不满，以为是沦入灰色的境地。如此打量周氏，似乎过于简单，如果看不到其消极里的进取的意识，那大概和他只能隔膜了。

从他的天性看来，本是一个感伤的诗人。幼时所作之诗与青年时的随笔都有哀怨的东西。后来学识渐增，又东渡日本，了解了日、英、希腊文，由此而接触了域外文明，于是目光由己身转向学林，唯思想为大，喜欢精神的操练，从古文明里找到今人的参照。于是心性转而偏一爱智，能从阅读里找到思想的愉悦。一方面，把现实经验投射于读书之中；另一方面，又从书本里寻找自我解析现实的公式。在关于文化人类学、古希腊传统的译介里，常有妙论喷出，以文章表达生命意志，就将自我的个体经验与人类认知的经验重叠于一体了。

在许多文章里，周作人喜谈自己是杂家。身上有非正统的儒家传统，对医学史与妖术史、风土志等别有心解。除了伪道学与八股文外，益智的与有趣的杂书都曾吸引过他，所看书之多为同代人所少见。自知成不了陈独秀、鲁迅那样的斗士，又不愿走胡适这样的名人的路，选择的就只能是闭户读书，少与时髦为伍，在古今中外野史笔记里拾点精神豆粒，聊以度日。我看他的文章，心往往要沉下去；沉下去，偶能与火光般的思想相逢，为之一跳，然而又被巨大的力量拖入深谷，置身于旷野的寂寞里。较之于鲁迅那些激昂的文字，他少的是血色，然而多的是哀凉。就对旧文明的失望而言，难说逊于其兄。了解周作人，大概是应了解到这一点的。

## 2

现代史上有两股力量改变了中国人的精神生活。一是哲学意识，即进化论和人道主义，可谓深入人心；二是个性主义的文学艺术。后者在青年中的影响深远。周作人既不是纯粹的理论家，也非真正的作家。他大概属于介于二者之间的人物，徘徊在学理与性情之中。就思想感情的境界而言，有陈独秀、鲁迅、胡适这样的人物在，周氏自然不能独树一帜，锐气难说能高于诸人。就创作上的智性而言，废名、沈从文、郁达夫都强于他，想象力的差异一看即明。但周作人的文章却属于最耐看的一类，声名远远高于同代的作家，力度仅逊于鲁迅。他将思想家的思绪和艺术家的灵感集于一身，以小品文的面目出现，叙天下经纬，议红尘旧事，形成了独立的文风。若要看思想史的演进和文学的演进，周氏提供的图景实在是丰富的。

在他这一时期的文字里，能够窥见明亮的人文冲动，学识的深浅一眼就可以看出来。当《新青年》诸人沉浸在口号式的说教中时，唯有他的丰富的知识论证了新文学之所以出现的必然，所谓上呼应于非正宗的儒学传统，旁及欧美的个人主义艺术，下接现今人的精神欲求。文章娓娓道来，不露声色，而要义皆出，有着让人信服的力量。他的说教全无八股的痕迹，理性深处有着逻辑的力量。比如《新文学的要求》《蔼理斯的话》就从中外的学说引申开来，道出世间的奥义。他引用洋人的学说，都无生硬的地方，好似将一些观点融化到生命中去了。废名曾说他懂得精神上的静观，能于平淡里道出深切，不是没有道理。广阔的视角带来的情怀为同时代所惊异，至今仍能看到类似的效果的。

我们在众多的随笔中，能看到他和传统的距离。引起他兴趣的主要是古希腊传统、日本文学、民俗学理论、性心理与儿童艺术等。谈这些域外学说，并非卖弄，而是要医中国人的心病，摆脱古老幽魂的纠葛。和鲁迅一样，对现实的忧患过深，于是多有不满的议论。

骂政客，讥迷信，笑看客，唾奴才，笔锋多奚落和刀笔吏的遗绪。有时看似温文尔雅，实则暗藏杀机，有石破天惊之处。只是有时反话不说也绕着弯子，思想感情未被人看破，以为有逃逸现实之嫌。受到关注的时候多，招到辱骂的时候也多，以文字而获荣辱，反差之大者，无过周作人者。

按他的学识和文笔本可以走一条风风火火之路，建构一种精神的新寓。但因久住书斋，又逢乱世，加之喜过宁静、安逸的文人生活，后来的文字陷入自娱自乐之地，与现实渐远，人间烟火气日稀，渐渐不复有早期的力量了。他后来谈人的文章，把情感隐得很深，只是史实的记录，就少了热泪盈眶的血气。掉书袋的短章精妙者多多，但因为明清杂著的色彩过浓，新锐的东西被古老的灵魂包围着，未能另辟新径，使文章陷入书斋的老气里，实在是一种遗憾。我们今天看周作人，是不能不顾及于这一点的。

周作人写作生涯浓缩了现代史悲情的一幕。其功与过，自有公论。我以为他的另一贡献是，描述了大量的人物，所记沿革、风物、野史、佚文，有很高的价值。有些文献不是他点染成书，恐怕别人不会做的。周氏写人过于简清，不屑铺张与渲染，其为优长处。不过有时冷得无情，中是淡淡的轮廓，能看出对人世的薄情。这薄情的一面使文章有中立的色彩，史料价值较高，而一面又削弱了文本的力量，将一些本可升华的题材浪费掉了。总之，看他的旧文，印象是才高、识深，有劝世之处。精神深处是一个绝望而消极的人，却又常常不甘于绝望与消极。这是一个痛苦的矛盾，它几乎缠绕了自己的一生。创作如此，翻译亦如此。在清美的背后，是肃穆寒冷的冬夜，那有限的热力终于还是被无光的灰色吞掉了的。

## 3

谈起周作人的文章，在文体上不太好分类。文学史上涉及他，也只是在美文的层面上讲讲，别的则大多漏掉了。周氏早年喜谈文艺，后来声称关门，不再染指于此。但读其文学，亦有别人不及的妙处。他的写作是处于史家与文学家间的。在他看来，好的文章所以出来，乃爱智者增加的缘故。在《文学史的教训》一文中他写道：

希腊爱智者中间后来又分出来一派所谓智者，以讲学授徒为业，这更促进散文的发达，因为那时雅典施行一种民主政治，凡是公民都可参与，在市朝须能说话，关于政治之主张，法律之申辩，皆是必要，这种学塾的势力大见发展，直至后来罗马时代也还如此，虽然政治的意义渐减，其在文章与思想上的影响却是极大的。（周作人：《文学史的教训》，载《周作人文类编》第三卷，页四七四，湖南文艺出版社一九九六年版）

观周氏一生，写作时间长，前后观点有别；风格亦稍有变化。其思想处于非主流的地位，未大红大紫，亦未清冷寂寞过，总有相当多的读者凝视着他。我觉得他的散文随笔，一是有见识，所涉面极广，上下古今，中国域外，看法与世人每每反对；二是有趣者多，非板着面孔说教，而是讲究意味，不把官方语言引入文坛；三呢，有一点学匪的痕迹，常有惊世骇俗的言论。但又不过于张扬，风格像六朝之人，又多古希腊的余音，杂以日本小品的意味。我读他的书，感到像平静的湖面下藏有深奥的东西，波澜不兴而壮哉妙哉，这是很少有的现象。他的作品对风物人情、旧籍古董均有奇思，又不滥情于中，能于肃穆之中冷冷地打量，悄然抽象，以净观的态度审视人间。早期的随笔尚有火爆之气，中年之后日趋淡泊，恩怨隐于素朴之中，遂不被激进青年理解，爱之者与憎之者参半，可谓文学史中少见的现象。

中国搞新文学者，冲动煽情者多，喜欢在作品中渲染己身，或铺陈怨语。周作人的怨语不是没有，但多能控制，以免使文章陷入"甜媚"的地步。我们读他的书，觉得是从容地走来面对苦味，又以恬淡之语对之，是深得六朝人的要义的。他谈文学与历史，愿从学术与情调入手，在枯燥中找一点亮亮的东西，既避开了载道文学的陷阱，亦未将自己推入无趣的八股路上。他的关于民俗、儿童、性心理的文章，都是士大夫者流很少关注的，周氏却于此发现了奥义，也有审视的快意。关于中国历史与现实的凝视，虽不敢说篇篇精到，但精彩之处随时可见。读他的文章，有时也能觉出对现实的无力感，常常有书生的雅气，迂腐的地方不是没有，甚至有自我重复的时候，可是在文体上的别致与学识的深切方面，又独步学术，有诸多警世的地方。后来落水做了汉奸，为国人所骂，而文章则并非无可取之处，与鲁迅、陈独秀诸人的作品对读，当见史学上的价值。

关于周作人，世人评说不一，争论颇大。学术上怎样评价是一回事，但在我看来，其文章与思想，在中国是特别的一位。他是五四的产儿，又是远离了五四，成了新文学中的叛徒，他背叛了民众，却未背叛过自己，所以，文章里能看到是属于他自己的真切的东西。近代以来文人不太会说自己想说的话，周氏则反其道而行之，以己心对民心，正误之间，风雨迷茫，看其在学术间的起落，当深感历史的残酷。一个聪慧的人如何从热闹进入孤寂，如何由显赫变为落魄，对今人的提示可谓深切。身败而文存，在历史上多次重演，周作人不幸在现代史上也扮演了这个角色。

<h2 style="text-align:center">4</h2>

一个人的文字被长久地阅读，大概有它看的道理。康德的书是难懂的，可许多年来，一直被述说和褒贬着，那自然因了经典的意义。中国文人的书有许多是被再版的，热闹的话题也随之而出。可是也有一类作品，一直有着广泛的读者，但谈论它的人却很少。悄悄地风行，却又不敢大胆地言谈，这是唯有中国才有的现象。文人们一旦在道德的层面逾矩，再好的文章，也终究要归入贰臣的队伍的。周作人就属于这一种。说出来是一言难尽的。

读着新出版的"回望周作人"八册书，看着一些为周作人写评语的人的墨迹，一时感慨良多。世间最了解周氏的人，没写什么议论之文，一些周迷们痴情很深，也只是在坊间闲谈而已，为之注解者却甚为寥落。这一套书的所有文章，都是黄乔生一人从书海与报山中淘得的，妙文虽偶可见到，但深切领悟妙处者却还很有限。周作人的复杂不言而喻，如今可与其精神平等对谈者，不是太多。八十年来，描述他的文章一直稀稀拉拉，就热闹与丰沛而言，与鲁迅是不能相提并论的。

什么人喜欢周作人呢？这是个要社会调研才能有的结论，任意而谈很有点空泛。"回望周作人"丛书大致可以看出文坛的反响。他最亲密的人中，唯有废名写过几篇短文为之介绍，像钱玄同、江绍原、刘半农、俞平伯等，未留下完整的文字。鲁迅、胡适、陈独秀等都很关注周作人的创作，晚年的鲁迅甚至将其列为中国最优秀的散文家，但照例未见品评的短文。二十世纪二十年代以后，喜欢杂学的人大概都有注意到周氏的写作，郭沫若、郑振铎、阿英等左翼文人，对周作人的文章甚至有迷恋之感，自认在学识与见解上，弗如这位苦雨翁。郁达夫、沈从文、赵景深等，在内心深处景仰过这位京派人物，文字中推崇备至，留下了诸多感怀。如此看来，文坛上的左派也好，右派也罢，都有一些周氏的读者，不像一些左翼作品，只限于一定的立场阅读范围。会有这一现象，我以为与他的境界有关。不是说自己有点流氓气与绅士气吗？文字中的学识与放达之音，加之一些平静冲淡的态度，想必是打动了人心的。至今有关周氏的书一印再印，是有这方面的道理的。

描述周作人最多的，现在一般来自鲁迅研究者。《周作人年谱》《周作人传》，都出自研究鲁迅的人之手。周氏兄弟，是一对相互衬托的存在，理解他们中的每一个，都必须对看。沈启无说鲁迅死后，周作人再也没有了对手，那是对的。周氏兄弟在生前曾互相对视，文章暗合与对立常常可见。所以，像钱理群这样的人，时而走近鲁迅，时而瞭望周氏，好像看到了硬币的两面。还有一类人，是带着复杂的心态阅读苦雨翁的。即人们所说的"失节"之人。我看过胡兰成那篇谈论周作人的文章，觉得二人在什么地方有些相似。他们都不太在意别人的眼光，醉心于自己的文字世界。周作人的人文与人是未必统一的，现实中的受挫，误入苦境，却能在文章之中以通达之语开脱之，那是要有一种智性的。中国的文人大多有两面性，周氏的书也直言不讳，内中的恍惚依稀可辨。读书之人，总想在理性的辩驳里，为自己寻找证据的。除上述二类人群外，热心周氏遗著的，还有一些报人。周作人的文章大多发表于报刊之上，朋友也在这个队伍里。曹聚仁、孙伏园、唐弢、文载道、刘绪源等，都从他那里吸取了些什么。以唐弢为例，不少文章讥讽苦雨斋的主人，可书趣却与其暗暗相合，文风略微受到一些暗示。至于曹聚仁，可以说是一位知音。看他写下的书话、评论，分明有一点八道湾的影子。在总体风格与境界上，他是属于周作人那种传统的。这三类人，留下了诸多品评文章，成了叙述苦雨翁的主体。一个人的被读和被说，是社会的回报。至于回报的深浅与正误，那与个人已没有关系了。

其实，天底下的读者，大多是默而不言的，他们自有是非，知道人性的高低。记得八年前在写《鲁迅与周作人》时，就阅读了许多藏书者提供的资料。那是一些周迷所藏之书，比一些学者还多，看法也自有高度。拙著出版的时候，报社的同事吴兄见面就说：很让人失望。批评是严厉的。那一刻，我出了一身冷汗，自知露了短处。吴兄从未写过周作人的评论文章，却几乎读过所刊的文字，见解迥异于学院中人。此后反省自己的写作，也暗暗感激身边的友人。理解前人，其高手大都在民间之中。学院里的与文坛上的人物，或许在某一层面高于别人。但就目光与胆识而言，那些沉默的人群中，是有着无数的我们可以称为良师的人物。他们阅读了历史，也创造着历史，却很少留下自己的名字。这一个经历常使我自问与自警，在读书的路上，自己永远都是一个学生。天底下的智慧未必都在文字之中。书写者与沉默者，是不能简单以高低分别的。

二〇〇四年八月一日

# 红楼边的张中行

二十世纪九十年代初，我因为担任报纸副刊编辑，常常去老北大红楼边的人民教育出版社看望张中行先生。一来是听他聊天，二是顺便取稿子。时间过了多年，很是怀念那些时光。张先生是因为写红楼而出了名的，有人也就把他称为是现代的古董。我和他的交往，在开始是怀着好奇之心的。没有想到还有这样写作的人，文章没有一点当下话语的痕迹，血脉完全是从五四那里来的。这种文体的出现在当时是一种异类，但读起来却有心灵的洗刷和理性的震颤，在他面前，所有的流行色变得淡然无味了。

我和他多年的交往，谈得最多的是周氏兄弟，曾问过许多问题，他提供的故事和线索是很多的。比如，周作人的起居情况，苦雨斋学生中的亲疏，以及钱玄同、刘半农的日常生活。在五四那代人里，他最推崇周氏兄弟，尤看重知堂。一般喜欢知堂者是疏远鲁迅的，有的甚至将两人对立起来。他不这样。这一点上表现得很宽厚，是个懂得世道的人。鲁迅对他的影响在知性的层面，他觉得那是个超人。张先生是欣赏怀疑论的人，这既受益于知堂的思路，也得益于罗素的哲学。鲁迅的用世，常人学不来，学不好会成为匪气之人，他绕过了。于是偏于知堂的独思，保留读书人的园地，甚或一点象牙塔的情趣。这也为他后来与杨沫的分手作了注解，不愿卷入"信"的狂欢，在乱世里求一个心灵的宁静，甘愿本乎于心，顺乎于道，如此而已。他晚年被人关注，便是因为残留着几近消失的五四的另一传统，将怀疑主义和个性化的独思展现出来，以知堂那样历史的看客姿态，谈阴阳之旅，述春秋之变，敲开了一个个历史的盲点，将人的本色和生命的欲求诗化地点染出来。又不高蹈于众人之上，以平民之躯行世，这在百年间无数自认为掌握了真理的那些豪迈者身上，何曾看见过呢？

　　红楼的生活给他的影响是巨大的，有意思的是他后来就一直工作在这个旧址边。半个多世纪过去，他一路坎坷，身遭数变，沦落到社会的底层。多年间他养成了一个习惯，那就是常常去看老北大的教员，成了知堂等人家里的常客。二十世纪五十年代后，文化格局大变，旧的一套遭废，他心仪的那些东西慢慢地消亡了。他苦于无人对话，有什么可以慰藉自己吗？于是只能沉浸在记忆里，久久地咀嚼着老北大时代的那些诗文。我觉得他像红楼的遗民，只有五四读书人的氛围才唤起了他的快意。后来写《负暄琐话》时，已将多年的心绪披露出来。知堂说北大有两个传统，一是读书不忘救国的；二是为学术而学术的。前者要改造社会，走向街头，后者则在精神的静观里提供思想的资源。张中行以为在当下中国，缺少的是后者，它可以不断地提供精神的各种可能性。而当代教育的实用主义和文化的功利主义，已重创了这一传统。我在他的回忆北大的文章里，感到了他的忧虑。当沉浸在历史的往事里时，他勾勒了那么多我们不曾知晓的故事。文字老到精妙，内心静得没有杂音，仿佛是从博物馆里传来的钟声，传递着失去的足音。他那么感怀新文化的前驱，文字毫无迂腐气，在古朴里还透着现代哲学的凌厉之气。有一点康德的不可知论的雄辩，一点知堂式的从容，外加上曹雪芹般的感时伤怀。许多文章的问世，构成了一个个旧梦，他给我们带来的气息，在别人那里是感受不到的。

他描绘的红楼，一是学术上的自由空气浓；二是知识群落个性的强烈。新与旧、古与今都荟萃于此，真是郁乎文哉。但文字中并不都是誉词，有时对自己的老师亦有微词，并不以前人是非为是非。张中行以为老北大的不凡在于，将学术由传统的泛道德化转变到多元的道路上来。他喜欢胡适的为人，却不苟同其为官之道；礼赞知堂的随笔，然而批评老师的失足之过。写历史能以平常心为之，且妙语四处，那是兼得史家与批评家之长的。所以，启功先生说他有大学者的风范，不是夸大之词。历史在张中行的笔下，被有意味的情思包围着了。

我有时读他的书，感到文字里最愿写的是梦，许多书的名字与梦有关。《留梦集》《说梦草》《说梦楼谈屑》等弥散着幽玄之气。他怀念胡适、鲁迅、知堂的遗韵，对出进红楼的人物有一种敬畏感。由此而推及那个时代，哪怕是乡下的小人物，每一点纯情的东西都深记于心里。这些长久地吸引着他，你在那里能读出大的爱及期待。他在哲学上造诣很深，却又不被思辨理性所束，唐朝诗人的感伤和明代读书人的性灵含于其中。这些杂色的东西在他那里奇妙地组合着，学院气与书斋化的韵致统统消失了。我们在那文字里看到了寻梦而不可得的苦楚，而又偏偏缠绕着旧梦。他多次说人生乃大苦，也许唯梦才让人欣慰吧。天底下一切清爽的东西让他喜，一切智慧的存在使其爱。然而生命的无奈在于，所有的都在逝去，逝去，人是多么渺小的存在！他在自己的园地里，书写了人间的悲苦，以及不甘于悲苦的眷恋和梦想。有梦者也是幸福的，较之于我们这些无梦和少梦的人，他活得充实，丰沛。

红楼早成古董，张中行也已远行了。我们活着的人，想想这曾有过的存在，不妨也追问自己，对远去的韶光，知道了多少？不知是耻，知之而不敬之亦耻。在一个失去记忆和梦想的时代，我们流失掉的东西实在是太多、太多了。

二〇〇七年二月五日

# 徐梵澄谈诗①

与友人聊天的时候，偶尔言及徐梵澄先生，觉得有一种高远之气，我们这些俗人跟他不上。当年在鲁迅博物馆工作时，我留意过徐梵澄寄给鲁迅的信件及诗文，印象很深。徐先生年轻时气盛，在鲁迅面前并不拘谨，自负的一面也是有的。比如，他一九三一年在海德堡写给鲁迅的联句，是有一点六朝感觉的，而一九三六年旧历元旦致鲁迅诗，起笔奇崛，大有屈子与杜甫之风。他与鲁迅的友情，都在这些诗句里得到印证。二十世纪八十年代，他帮助鲁迅博物馆鉴定鲁迅文物，说过许多有趣的话，可惜我错过机会，未能一睹先生风采。明人傅山说："风节往往不能以儒生传也！无已，传诗。（语出傅山《序郭九子〈旷林一枝〉》，见《霜红龛杂记》，页

---

① 徐梵澄（一九〇九—二〇〇〇），原名徐诗荃，湖南长沙人。在上海读书时结识鲁迅，遂有较深交往。曾留学海德堡大学，一九四五年赴印度任教和从事印度文化研究。一九七八年回国，在中国社会科学院宗教所工作。所译介的《苏鲁支语录》《薄伽梵歌》《五十奥义书》，在学界颇有影响。所著《孔学古微》《老子臆说》亦多超凡之论。

一三六，青岛出版社二〇〇五年版）"于是便想，从诗文行迹里寻找智者的精神温度，那是一种补救吧。

徐梵澄因为学识的丰厚而被学界称道不已。在众多的域外文化研究与习得中，他的母语经验起了相当大的作用。我们看他翻译尼采的书与古印度的书，其实有传统中国诗文之趣的支撑。这些在他晚年的回忆文字可以看出一二。因为深味古代诗词的妙处，对于审美之路有深厚的理解，故其翻译域外典籍时，能够在不同语境转换中，传达出诸多美意。遣词造句里，晚清以来读书人的经验被不断召唤出来。

人们通常以为他只是鲁迅的弟子，遵循鲁夫子的文章之道而行。其实并非如此。他的学问，从鲁迅那里开始，不是以鲁迅经纬而形成认知之网，而是像鲁迅那样，在驳杂里形成自己的精神之界。学习鲁迅而又走出鲁迅，在更高的层面与鲁迅相逢，才是他高于鲁迅诸弟子的地方。

我对徐先生的学问知之甚少，但他的一些短章，则能与我们不隔。比如，他的诗话，就多有趣味，智性的因素很多。在众多作品里，我喜欢他的那篇《蓬屋说诗》（《蓬屋说诗》载《蓬屋诗存》一书，社会科学文献出版社二〇〇九年版），因为走笔轻灵，又不玄奥，能与读者多有启迪。《蓬屋说诗》乃徐梵澄晚年的随想录，不像学术文章那么深奥。作者谈诗，带出许多古典学的感觉，和王国维那样的顿悟不同，除了体味古代诗词的妙处，还多了与近代诗文的对话。他礼赞左翼诗人，也欣赏陈散原这样的旧式人物。注重章太炎传统，同时对黄晦闻也多同情。早年的尼采式的叛逆之句有之，儒家敦厚辞章亦多。先秦之风缕缕，晚清之意浓浓，跨度之大让人吃惊。他写鲁迅时，文字里有血的蒸汽，可是言及同光时期诗人，则柔情暗生，诗趣全不见德国近代以来的峻急之风。《蓬屋说诗》对于反士大夫气的诗文多有喜爱，但那些士林里的悠远之音则被其礼赞有加，其眼光有别人没有的亮处。

他在文明观上是一个多元主义者。古希腊哲学，德国的思想史，印度的宗教，中国的儒道之学，都是其研究对象。每每有其所爱，又不遮蔽各自欠缺。他对于近代文学有自己的特别见解，谈鲁迅时有奇气漫来，讲遗老能探入心底。似乎不喜欢从热闹里去寻找话题，于冷僻之处悟出诗之玄机，阅之让人爽然。比如，他特别看重诗歌中的"契会"之意，文章写道：

吾人生活于识境中，见色闻声，皆知觉之妙用也。诗人扩大其知觉性至与众生万物同体，有所契会，——即古人所谓"会心"，——发之声诗，其感人也，宜固其然。则非但闻声观察，即虫音竹间，亦起感兴。散原老人有《枕上听蟋蟀》一绝云："雨歇窗棂漏月明，凉痕满屋夜凄清。啼秋蟋蟀重围合，换去承平是此声。"——此与"双柝南街"同其一听也①。

"契会"的感觉，乃内觉的幻化，是诗学里有趣之点。但"契会"不是一般意义上的呼应，还有对陌生之所的捕捉与发现。徐梵澄就是一个会发现的人，他于《苏鲁支语录》里看到德语的第三条路，在《薄伽

① "双柝南街"乃黄晦闻《中秋》之句，原句："十年北客惟伤乱，双柝南街不断声。"徐梵澄欣赏黄裳对于该诗的理解，以为文学作品并非都没有社会关怀。陈散原的诗与黄晦闻的诗都有寄托，故不能以旧式遗老视之。

梵歌》中嗅出"超上神我"的气味,从孔子语录深处得通达之意。他不觉得孔学与希腊思想的对立,也反对佛教和基督教的相隔。钱锺书当年期待的那种打通古今与中外的人,徐先生算是一个吧。所以,对于人间各自不同的文化路向持欣赏的态度,从不在原教旨的层面思考问题。而他的诗学理论则有宽厚之风,比如,他有一种"得体"之论:"青年不作老髦语,僧道不作香艳语,寒微不作富贵语,英雄不作闺彦语……如此之类。譬如人之冠服,长短合宜,气候相应,颜色相称,格度大方,通常不奢不俗,便自可观。是为得体。不必故意求美。善与美,孔子已辨之于古。诗要好,不必美。如书如画皆可。"这种看法,已经远离尼采、鲁迅之趣,回到了孔子的中和之音里。但又非腐儒对于孔子诗学僵化的考释,灵动之气蔓延,诗话的语境拓展了许多。

徐梵澄在诗论里一再提及马一浮①,对于此一硕儒倍加赏识。他认为马一浮的诗学思想乃正途里的奇音,不似一般士大夫那么偏执。彼此对于审美理念的思考,多有暗合之处。他们都喜欢古典学里的精华,不屑于中古之后的文章之道与诗歌趣味。从词语的源头梳理审美之道,便多了古风里的智慧。但他并不都同意马一浮以学理代替诗学的思路,比如,马一浮谈诗歌艺术时说:"言乎其感,有史有玄";徐氏则以为,"感属情识,史属思智",还是细细申辩为好。在徐梵澄看来:孔子与佛

---

① 马一浮(一八八三——一九六七),原籍绍兴,生于四川。字一佛,号湛翁,别署蠲翁、蠲叟、蠲戏老人。一生致力于儒佛会通,主张以"六艺该摄一切学术",其诗学思想独步学林,曾云"吾诗当传,恨中国此时太寂寞耳"。

陀的经验里有许多好的东西值得探讨，不必把文学归于
"玄"与"史"中，他似乎更欣赏鲁迅那种文史哲兼通
的精神漫步。

与马一浮一样，徐梵澄认为先秦的诗文自有价值，
回归古典学是自己的使命。新儒学那些人是从古代讲到
今天的，徐梵澄则由今天回溯到古代。不仅从中国人的
视野讨论问题，而是从域外哲学的参照里重返先秦诸
子，就多了新儒家们没有的东西。而他的诗话，则峻急
之语深藏，宽厚之情弥散，说出学林未有之言。早年在
印度工作时，他就说过：

尝叹两汉经师及古天竺论师，家法师承，守之弗
失。非特其学朴茂，抑其人皆至深纯，雍容大雅。余
于诗学实有所受，然早逾检括，有忝传承。季少优游，
不勤于力，中间颇求西学，近复摩挲梵典，盖未尝专
意为诗。于今偶读师门前辈之作，高华清劲，貌不可
攀，向使煖煖姝姝，守一先生之言，其成绩或不止于
此。风雅之道，如何可言？间尝闻之古之深于诗者，
温柔敦厚而不愚，学诗亦学为人之道，斯则拳拳服膺，
有以自期。①

我看现代以来的诗话，多是在新文学背景里展开
的。顾随《驼庵诗话》，俞平伯《读诗札记》等，五四
的语境起了很大作用。徐梵澄不是这样，他跳出了那
代人的话语方式，其文字在古希腊与古印度的经典里
浸泡过，在母语中既寻先秦余绪，又得晚清之风，思

---

① 此为徐梵澄一九四八年在印度国际大学为自己的《天竺吟草》写
的序言，其诗学理念也可见一斑。

想衔接五四，而趣味则不定于一尊。我们近代以来有此风范者不多，唯其如此，他的文字的珍贵就可想而知了。

二〇一八年十一月十日

# 南下影人

　　香港电影与内地艺术的关系，非一两句话可以说清。张爱玲当年的作品在那里问世，其实是把上海经验带到这个特殊之地，时髦的镜头里有海派的味道在。不过，因了战乱的原因，香港艺术含有着诸多复杂的元素，除了殖民地文化的投影，还有左右翼的博弈，以及面对冷战的书写。梳理其间的历史，我们当看到许多陌生而新奇的旧影。

　　我个人的印象里，中国的早期电影，是印有好莱坞的某些感觉的，现代性的快节奏与人性的曲线扭转，汇入摩登的泡沫里，奇光异彩的背后，无量的空虚也随之而至，似乎新感觉派小说的一种，在多致的轰鸣里，精神的魔影跳入黑暗，一切遂归入寂寞。当这种艺术在殖民地的王国落脚的时候，就多了内地艺术所少见的东西，香港的特殊性，也带来了艺术的特殊性。

　　友人苏涛是电影研究的专家，对于香港艺术的变迁多有心得。他的研究里发现了无数的艺术奇景，资本世界里的艺术选择，表现生活的态度与策略，映现了历史的苦楚的一页。南来的艺术家，有不同的背景，左派面孔与自由主义者的影子都在其间游动。也不乏畸形的文人，在外在力量的挤压下失去本我的原色，做了市场的牺牲。但在困苦里，我们依然能够看到一些心存良知的文人的冲动，在无数影片的瞬间，生活的难题与思想之光都得以记录。

二战之后，香港一度是文化很活跃的地区，"南下文人"与"南下影人"给这里带来许多活跃的思想。左右翼之间的对话及传统与现代的对接，有了不同语境的对比。我们不太好用一种尺度来归纳那时候的艺术，但却也提供了认识艺术发展的不同范例。苏涛对于这个"历史夹缝中的离散群体"的资料梳理得十分深入，许多个案提供的思想都有引人深思之处。我们看战后的大陆知识人，一般都在泾渭分明的立场上表述自己的精神选择。但香港的艺术家则为有限的空间拓展出繁复的审美意象。即便对于同一个作品，左派的看法与右派的看法竟然也有交叉的地方。这个特别的现象告诉我们，在大历史与小事件之间，有着不同类型人的命运的交叉点。时代造就人物，而人物也在改写时代的路径。

许多"南下影人"和电影公司，都走在艰难的摸索之途。龙马影片公司、远东影业公司、"亚洲影业"、长城影业公司等，都有一部难言之史。我看苏涛的论述，很被作者笔下的人物命运所吸引。独立制片公司的运作方式，漂泊心理与个体尊严，旧道德与新女性，跨地域与跨意识形态，等等，都指示了混乱里的驳杂性。茅盾当年在香港的进进出出，就发现了那里文化的独特表述空间。他自己在那里写下的《腐蚀》就一面迎合大众猎奇之心，一面不失知识人的责任感，创造了一部独特的小说。那些隐晦的表述方式，其实未尝没有叙述的政治。在紧张的二十世纪四十年代，艺术要逃离政治是大难的，许多人的选择，都有着内在性的冲突。在介绍岳枫的电影作品时，苏涛针对其"五重身份与三次转变"，看到时代的矛盾与艺术间的对抗与妥协：

> 他既受到时代的召唤，又一度被时代所遗弃；他既承担历史所赋予的使命，又在历史转折关头茫然失措，甚至迷失自我；他既被不同意识形态所操纵和利用，又主动选择和利用不同意识形态，为自己创造更为有利的拍片环境……（苏涛：《电影南渡："南下影人"与战后香港电影（一九四六—一九六六）》，页一四〇，北京大学出版社二〇二二年版）

艺术研究的使命之一，就是在不规则的现象界里发现人性与社会的隐秘，打捞不可再现的审美灵光，使之定格在认知的影像里。"南下影人"与战后香港电影，构成了一道独特的精神风景，我们读它，仿佛也看到了时代的吊诡和艺术的吊诡。

许多香港导演与演员，在银幕上刻下了现代性的杂音。他们从多种线索里编织着生活的怪影。苏涛讨论易文对"魔都"内蕴的体悟，韩非"边缘人"的表演及葛兰的性别政治，涉及电影的时代氛围和个体命运之关系，不禁让人进入到对于现代性的难言的苦思里。"作者策略与离散情节""片厂、类型与明星"都有转变时期的文化之影。这些飘散在精神天幕中的光影，在隐曲里无意中印上了历史的真实形态。

不论我们如何评价香港电影，至少那时候的作品留下了时代的深深痕迹。我常常感叹编导们对于资本主义的批判性带来的精神思考，是超出艺术语境的，其间也给艺术家带来探索的冲动。那些对于底层人的关注，流浪汉与小人物的坎坷之旅，还有现代女子的悲欢情感的表达，都凸显了人性的另一面。研究电影史与研究文学史一样，在审美的选择里，超常的跌宕才看出平常的本然。在不同的图视里，我们也看到了被遮蔽的旧岁影像。

过去我们看易代之际的艺术，文人的精神多在变异里做着抵抗和漂流，牵动的是文化里最为痛感的部分。当思想不能畅达表现，精神尚被困扰的时候，幽微之曲与模糊之喻，深化了语言表述的功能。规则消失的时候，便诞生了新的审美的可能，虽然那些尝试未尝没有失败的地方，由此也可以知道，象牙塔里的文人要理解风雨里的艺术，是要放弃以往的认知习惯的。

在消失的往事里，倘能够留下几许的感受，那么便意味着思想会活在记忆里。学术乃记忆的修复，点点滴滴亦会汇成碰撞的光泽，它观照着我们认知的暗区，也温暖着伤于寒夜的人们。知道别人如何走路的时候，我们也便意识到了自己的未来该在哪里。瞭望别人其实也是反观自己，我们经历过的情绪种种，其实，古人也早就体味过其间的滋味了。

二〇一九年四月二十七日于大连

# 理解小说的方式

一般说来，小说研究有两种类型：一是作家视角的陈述，像卡尔维诺的《美国讲稿》，米兰·昆德拉的《小说的艺术》，鲁迅的《中国小说史略》，都是行家的夫子之道；二是学者的书写，如卢卡奇的《小说理论》，维恩·布斯的《小说修辞学》，伊恩·P·瓦特的《小说的兴起》等，其间交织着文化人类学与哲学的智慧。前者以灵性的流动而滋润思想，后者则以思想审视文本，彼此路径不太相同。中国人研究小说的历史很短，在《中国小说史略》问世前，人们对于小说的本体研究甚少。鲁迅的治小说学，因了翻译与创作，还有史料学的趣味，单一的小说形式，便有了多重的隐含。新文学运动初期，对于小说的内蕴有过研究的人增多，茅盾、郁达夫关于古今作品的审视，与鲁迅一样亦多会心之处，那也与他们的创作心得多有关联。一段时间里，对于小说的艺术最有发言权的似乎是新文学的作家。后来治文学史与小说研究的，如李何林、王瑶、唐弢等人，是在远离小说写作的感性经验里开始思考问题的，这形成了另一种叙述风格。这种非作家式的小说观，在教学与科研领域里被不断丰富着，成为专门的学问。如今阅读丁帆、陈思和、南帆等人的著述，当感到学院派研究的格局在渐渐扩大。

作为一门知识，文学研究中凡涉及小说的部分，牵扯的难点恐怕比诗歌、散文要多。以知识论的方式进入这个天地，也有审美之外的内蕴的出现。这种独立于创作的纯粹的理论沉思，也是学术发展的必然要求。脱离于小说实践的感性写作消失之后，小说研究与诗学研究一样，是人类精神史的另一种构建。古希腊人思考诗学的方式，就有几分这样的意味，五四之后，我们才有了类似的学术表达。

但许多作家曾经讥讽过象牙塔里的小说学，以为是纸上谈兵，辞章背后乃体味上的隔膜。其实学者的思维，是追求对象王国何以如此，而非作家那种感性的图景的聚光。对于作家的书写状态进行总结，不免带有非确切性的因素，因为感性的显现会常常对抗理论的思维，文学是对于世俗理念的逃逸。于是我们发现，描述小说规律的著述常常被新出的观念覆盖，有的著作一闪即逝，生命很短。不过有创新思维的人从不畏惧理论言说的局限，他们以别样的思想避开传统的惰性，理解小说世界的方式便特别起来，这背后的精神期待和认知角度，有作家未料的思想之影的到来。

只要略微关心文学史研究的人，就会发现，小说学比一般人想象得要更为复杂。比如，陈平原《中国散文小说史》就有历史的厚度，说是文化研究也是对的。黄子平那本《沉思的老树的精灵》，则从语言和叙述模式讨论小说写作的内在隐秘，拓展了认知的空间。二十世纪八十年代开始，小说研究还多在个案的分析上，像赵园《论小说十家》在凝视作品的时候，写出感受里的哲思。借着作品讨论知识分子的话题，乃文学与时代关系的折射。从作家的特殊性看文本的价值，与从文本的一般意义看作家的个性特点，都有耐人寻味之处。

在这个意义上说，讨论小说的自身意义，已经溢出了文学自身，许多研究者在更为宽泛的领域思考这些问题。二〇一八年，人民文学出版社推出陶长坤的《小说创作新论》，让我们看到作者的一种不懈的努力。其间诸多的思路，直逼艺术的敏感地带。作者是一位执着于文学的学者和作家，他的著述在某种程度上说，想弥合作家的经验言说与学者思考的缝隙，去构建一个别样的话语空间。笔下的文字不都是碎片化的，也非单纯的个案解析。在回溯文学史的跋涉里，上下勾连，左右旁通，出没于简繁之地，往来于静动之间。这种整体性的研究，没有自信与雄心，恐怕难以为之。

我注意到这本书理解小说的方式，是建立在作品细读基础上的沉思，总是有的放矢，也是步步深入的。作者对古今中外小说的阐释，在竭力避免教科书的生硬之趣，外来理论是被消化在自己的辞章里的。从全书的体例看，我们的作者不仅关注小说的文化属性，亦打量形式里的内容。借着对无数作品的咀嚼，全身心浸入审美世界之中，目光向四处伸展着，时代的风致流动在字里行间。似乎在回答诸多的难题，也在询问艺术的谜底。自然，本书不满足于枝枝叶叶的清理，而是在追求更为本质的存在。

陶长坤喜欢对陌生性的挑战，常常能在不同文本发现逆俗的美质，并于此驻足品鉴，悠悠然见到诸多奇观。他对于域外小说的看法，往往颇为精到，分析卡夫卡、马尔克斯、约瑟夫·海勒的文本，看到思维的特异性带来的审美冒险，于此审视小说的无限可能性。而面对国内小说的品类，能以贴切之语画出特质，感受性与理论性彼此交织。对于形象思维的敏感，便捕捉到精神来龙去脉，于是传统理论便在其视野里得以修改。这里充满了对于灵动力的惊讶与发现，你会看到，不是从概念到概念，而是神遇里的顿悟，巧思中的碰撞。古人说"读书得间"，在这里得到很好的印证。

探索小说王国的神秘，自然不止一两个模式。无数作家曾为之献身，沉浸其间乐而忘返。阎连科《发现小说》对于非现实主义作品的思考，就把旧的认知逻辑撕裂，时空完全变了。王安忆那本写作课时的讲义，看得出非同寻常之思对于小说家的重要性。韩少功不断试炼着各种体例，寻觅各种可能性的表述。与一般作家们的论述不同，陶长坤在思考里注重的是文学本体性的存在。他在不同文本对比里，发现小说并非不可分类，这些来自不同人的启示，其中，鲁迅的审美观和福斯特的小说理论，对他都产生了影响。有的见解是沿着鲁迅的思路继续前行，有的属于自己的发现，在空白地段窥见了难得的意蕴，那些闪动的诗意之光被其定格在学理的逻辑里，于是阐释的方式便有了弹性。

与不同类型的作品相遇，进入那世界的最好办法就是对话，在对话中方能获得审美的灵思。这自然也碰到如何选择研究对象的问题，受到自身经验的限制也不可避免。这一本书看得出作者的小说趣味，无意中也遗漏了一些重要作家。二十世纪八十年代以来，中国小说创作成果渐多，许多作品改写了以往的精神路标。一代人的思想解放，与文学的阅读颇有关系。陶长坤追踪这些人与文，时代进化的脉搏被记录了许多。一方面是由此打开自我；另一方面，在瞭望域外的风景中寻觅新的坐标。这期间形成了他的知识结构，思想活跃的部分多来自那些作家的启发。但他不都是从思想的层面机械地打量各种文本，而是从艺术规律里，看人与世界，与不同风格的作家默默交流。所以，把此书看成作者的阅读史的记录，也不无道理。

无疑，不同气质的作家，笔下的风景各异。许多别致的作品指示着探索的广阔空间。陶长坤从"立人""立言""立境"讨论小说的形象、修辞、底蕴等话题，看得出做了相当的资料准备（陶长坤：《小说创作新论》，页一三一，人民文学出版社二〇一八年版）。自觉吸收各种学术观点之余，还能参之个体的经验，将文字背后的精神引介过来，寻之、问之，没有空泛的感觉。作者对于小说叙述学的认识颇多灼见，比如，对于叙述主体介入文本的分析，将"直接介入""隐形介入""不介入的介入""零度介入"分层次地展开讨论，言之成理的地方殊多。在作者看来，对于小说内在规律性的把握，是需要破除陈规戒律的。理论与创作一样，都要避免滑入平庸之地。

《小说创作新论》最注重的是中国经验，作者特别推崇曹雪芹、鲁迅、莫言，解读中的深切之语时时飘动在文本之中。这是本书最为用心，且写出神采的地方，作者的人生境界也于此表露一二。而小说学的中国气派，其实是由三者支撑起来的。应当说，这抓住了中国最具创新性的文学传统，于此展开的学术讨论，则涉及文学传统中最有活力的部分。这样的存在以传统理论无法解之，深入其间，也有对于自我智性的考验。

作者一再写曹雪芹的《红楼梦》内在的底蕴，看到了古小说的迷人之所。他说曹雪芹以"网状结构"呈现人物与思想，从原点出发，最后又回到原点，将故事经纬交

织，纵横穿插起来，恰对应了生活的复杂性。《红楼梦》
是个万花筒，不同的人对于其解释都能见出特点来，有的
看法往往反对，可谓各得玄机。陶长坤对于雅俗现象的把
握，背后牵扯出许多思想，能够于一语之中见出多义，微
妙之处看到幽思，全书由此变得活跃起来。从内容来看，
作者对于鲁迅情有独钟，不仅小说理论有鲁迅的影子，解
析文本的方式也带鲁迅的气味。他从鲁迅的心得出发，又
证之于自己的私见。林林总总之中，不乏卓识。鲁迅小说
是一个奇迹，几乎没有重复的篇章，每一篇作品都独具风
采，在气韵上直抵精神的幽深之所。无论《呐喊》《彷徨》
还是《故事新编》，国民性与人类性，现实与历史，都被有
趣地再现着。其阔大的情怀，不亚于域外的名家。这些创
造性的格式，深深感染了作者，对于逆俗思维下的内觉，
有了欣然的体味。由此，他也格外看重鲁迅传统，那些沿
着鲁迅前行的作家也被其注意到。比如，他对于莫言的肯
定，一定程度上源于对"开放的创新思维"和跨越雷池的
勇气的欣赏。莫言的出现，衔接了曹雪芹与鲁迅的传统，
又参之域外各种文学的经验，形成自己特有的风格。这些
挑战了传统的思维，也是对于存在的重新发现。研究者从
中看出，文学的个性化越深，其文字才越有普遍的意义。

　　将莫言引入小说研究对象，可思考的光点显得很
多。他的作品风格不同，有各种实验的痕迹。古老的齐
文化，五四遗产，革命文学理念，现代主义，以及各种
写实传统，都在其作品里交织、流动。莫言笔下有灵动
的审美飞跃，应当说，在其作品面前，宁静的世界喧哗
起来，词语里隐含着一个民族的隐秘。从鲁迅到莫言，
中国作家在思考着相近的主题，但展示的方式已经有了
很大的区别，我们民族的史诗般的叙述在这个传统里获
得了生机。

　　从什么角度进入小说之门，与知识趣味多有关联。中国的小说发展，伴随着知识界认知的提升，传统的方式与域外新小说的互动，不断产生新的作品。近百年的文学的变迁，翻译作品日益深入人心，写作的方式与格式也样式繁多。即以非写实的小说为例，鲁迅的《故事新编》，王小波的《红拂夜奔》都与传统写作不同，糅进了超越性的东西——幽默、滑稽中，将丰富的世间以另类的调式呈现出来。这些是现实主义与现代主义的结合，彼此已经不分你我。而李洱的"塔式"表达意蕴，将学问和人物命运与时空里的历史，叠加起来，不可能变为了可能（阎晶明：《塔楼小说——关于李洱〈应物兄〉的读解》，载《扬子江评论》二〇一九年五期）。对于这种纷纭复杂的存在，研究者需要调整理念，固定在一点的小说模式总是不可靠的。

　　这是谁都知道的，作家永远走在理论家的前面，小说写作者临摹生活的时候，会发现表达的有限与寓意的无限之间的无奈。只有不断变换中的视角，才能尽可能地接近生活的原态。文学必须面对人类的习惯，从中找出属于人性的隐秘的部分。但作家不能沿袭的是自己的习惯，当自己的习惯重叠于世俗习惯的时候，我们往往无所发现。所以，小说的一个特征是，向着自己的习惯挑战才能获得新意。同样，研究小说的人，也存在着疏离学术惯性的冲动，与这种惯性愈远，也才可能是艺术隐秘的真正的解析者。

　　由此看来，打量小说的奥妙是一件多么具有挑战性的事情。在纷纭多致的文学现象面前，人生的镜像背后，有精神无穷的风云的涌动。我们都在这涌动的空间看到属于自我的影子。在这个意义上说，陶长坤是在写自己心目理想的作品，多年艺术追求的心得在此得以舒展。他不求高大全式的理论，也非故弄玄虚的独语。在书中，作者将众多的形象思维链接在一个脉络里，向人们展示小说世界的种种形态。人类未知的事物太多，但小说替人类的存在作了无法表达的表达。而且人的意义常常在这些超世俗的虚构世界里才得以彰显。

黄子平先生说过，当"大说"遗漏、模糊了历史的时候，"小说们承担了历史记忆的功能"。（黄子平：《远去的文学时代》，页一一四，复旦大学出版社二〇一二年版）研究小说的人，也是在回味历史中重塑历史。世俗的话语触摸痛感的文字总是稀少，唯小说里有正史里没有的经验。杰出的小说刺激我们重返记忆，也让我们思考未曾经验的更为深切的人生。阅读小说，才知道表达是那么无限，我们日常的言行被什么深深困住了。所以，理解小说的过程，也是认识自我的过程。当那些人与事以奇异的方式走向我们的时候，仿佛遇见了心灵朋友。学问家与小说家，不是看与被看的关系中的陌生者，而是互为对话的同路人。历史上的作家受到理论家与批评家启示的不乏其人，只要我们看别林斯基与果戈理的交往，瞿秋白与茅盾的互动，就感到思想者的力量也是作家应有的力量。有多少种作品，就有多少进入审美王国的入口，批评家与学者对于审美的贡献，并不亚于作家。他们都在有限的形式里诠释世界，只是达成的方式不同而已。

二〇一九年十月二日

# 大众的玄想

　　杨绛晚年讨论灵魂有无的问题时，不再像年轻时那样的确然，对彼岸的存在不敢轻下结论，将信仰者视为正当的存在。看她的语气和神采，还在此岸的边上，并无神学家的样子。这让我想起民国的作家对宗教的态度。徐訏在六十多年前曾对作家的宗教感不以为然。他写过人鬼同行的小说，自己并不信宗教，还说过许多无神论的话。巴金、曹禺都是这样，他们的作品有宗教话题，却无宗教感。中国文人对灵魂的生与死，上帝的有和无的态度，和欧洲作家的不同是显而易见的。

　　但作家从民俗和信仰的层面考量生活，在中国早有传统。这一面是作者的精神的暗示，一面也有大众理念的投射，可以说是互为影响的。我们如果了解百姓的阅读口味，除了传统的那些章回小说外，大概还有武侠、通俗小说。近年来网络小说发达，官场记、野史记、恩怨记、盗墓记等发达，都被广泛阅读，大概也可以说有类似的原因。在大众小说里考察国民性的变化过程，也不妨说是一个途径。

　　有外国研究者曾说，中国的文学没有神学，玄想殊少。那也许是误解了我们的先人。在《山海经》《搜神记》《封神演义》等文本里，也有大众的冥思在。那是读书人的梦，也未尝不是大众的梦。后来在传奇、武侠作品里，这些一直延续着。大众的读物，其实不都是人情世故，还有对彼岸世界的瞭望。中国式的玄学不都在士大夫的诗文里，有时候也在大众歌谣的吟咏中，后者的诗学之迹，早已被民俗学家所关注过了。

　　自然，这是古人的余绪，当代人如何在大众文本里表现高远的玄学，我知之甚少。也曾私自地想，今人的务实，也许真的有洋人所说的那样，没有形而上的灵光吧。但偶读陈奇佳、宋晖《被围观的十字架——基督教文化与中国当代大众文学》，才知道当代大众写作缠绕着如此丰富的玄学的影子，一些深层的问题被打捞出来，显得很有味道。陈奇佳、宋晖的书其实在寻找大众读物中的精神现象的隐含，要关注的是超越性的存在——不可知的那个存在的隐秘。这对我是一个诱惑。大众文学也能见到对神秘的存在的思考，这在八十年前的白话文中乃不可思议的事情，文学在一些领域不断地进化，前人也未必都能料到。

　　中国的所谓大众文学，其实是读书人的一种创作，远的不说，老舍、赵树理那些文本，都是故意隐去士大夫的意味，以百姓的口吻写情状物，到底还有读书人的情怀在。金庸的武侠作品，大概是老少咸宜的，那些关于儒道释的观念，也还是学者式的思考，那么说来，当代的大众文学，大概也应该是读书人的一种变形的精神的显现。他们借助大众的理念抒发情怀，延伸的是不是士大夫的一种价值理念？

　　大众的信仰在艺术中如何表现，过去提供的经验是单调的。我的朋友中有多位研究大众文学的，记得二十世纪九十年代的时候，众人的视角还主要思考的是精英文学或者士大夫文学之间的联系，背后有社会学的关怀在。而对于信仰层面的思考寥寥无几。陈奇佳、宋晖的著作考虑的是宗教与文学的互渗。基督教、佛教、道教、儒教等神秘的话语与文学的复杂姻缘如何形成，文学家怎样考量大众的信念，在这本书里都很深切地被还原了出来。作者谈到基督教话题的时候，不是以信仰的方式进入其间，而是从理性的层面讨论问题。这和一些研究神学的学者很不一样。大众话语与民间玄学想象，看来不是知识分子的话题可以涵盖，文学研究如果只在知识分子的语境里旋转，其实没有泥土的气息和真的百姓的呼吸在。在世俗语境里讨论神学与哲学，其实就看到了一种生命的微光，境界亦有所扩大。在我看来，文化中带有挑战意味的话题，有时候包含在这个层面里。

知堂先生在讨论白话文的诞生时，言及基督教的影响，说出许多别人没能说出的话。那也是一般的概念的描绘，其实中国作家在根本点上是远离基督教的逻辑的。即便是有佛教痕迹的作品，能深味释迦牟尼心思者也为数不多。像丰子恺、夏丏尊的作品，满含悲悯的佛门语义，而温情里的还是儒生的自白。启功、张中行深陷佛门，而谈吐乃明清士大夫的戏谑，与释迦牟尼的神采远甚。白话文学出现后，神学的因素开始出现在各类的文本里，但也恰如陈奇佳、宋晖所说，宗教的因素在文学里的投射很复杂，多数只是被借用，至少到一九四九年，没有出现真正意义上的宗教作家，作品中只是一些表象，根底还是中国的文学的精神。这是对的。

但是到了后来，情况渐渐发生变化，神学语境渐渐进入文学书写里，叙述的空间变得开阔了。文学的生产与超自然力量相遇的时候，情况显得很复杂。陈奇佳、宋晖看到了许多悖谬的现象，在一些看似宗教陈述的作品中，视野还在中土的层面，很少有精神的伟力在。那些借着基督教文化语境写作的人，有许多在精神的实质上还属于传统东方人的感应。即便是像史铁生这样的作家，在接近神异的存在的时候，我们还是看到一般知识分子的本然的一面。很难说已经是纯粹的宗教意味的写作。说他们有哲学的冥想，或者是人生意义的追问可能更对的。

因了阅读的限制，在接触这个话题前，我一直不知道大众文学的状态，在我看来，大凡涉及大众的信仰的，都有些简单，把玄学功利化或者庸俗化。然而看到了黄易的创作片段，才知道文本还是有了变化，对其作品的语义略有认识。这个作家借助神异的力量，思考人的本性和终极的意义，有时候显得很粗糙，但那种对宇宙存在与人的存在第一因的思考，思路有新的因素，域外神秘的话语被嫁接过来了。黄易在对待邪教的理论的态度，又有中土文人的特点，能否真的进入神学语境，还真的难说。陈奇佳、宋晖在论述他的作品时的冷静和实事求是的态度，给我留下了很深的印象。黄易之前，大众文学里类似笔触似乎不多，这大概从另个角度，反射了作家的一种心态。他们不满足于传统笔法的平庸，从神奇的、不可知的世界寻找存在的无限性，乃一种书写的自救。大众如何面对无限与宿命，黄易可能提供了一种思路。可能性与未知性在心灵生活被凝视的时候，粗糙的图景便有了异样的诗意。这也是一种文学的实验，或者说是心灵的突围也未尝不可。

中土的作家超越于世俗的语境，试图进入玄学世界的时候，要做到西洋人那样的宗教情怀殊难。我们看一百年来的许多白话文创作，精神未尝没有儒道释的痕迹。在面对这样的理论和讨论的时候，我常常想起传统思维结构对文人的影响。金庸、古龙的超越此岸的玄机多是从古人那里借来的，有的加上了一点现代人的理念。或借古喻今，或自我意识的伸张，不过是超越自我的一种选择。中国人很难进入到宗教的层面考虑问题，一旦从超越性的层面展开思路，道家与佛教的词语就会显出伟力来。至于一般的大众文学，身上的因素多是道教神谱的翻阅，外来宗教的影子就很微弱了。陈奇佳、宋晖谈论"大众文学与本土的超越向度"时，讲到了养生术、祖先崇拜、贵生与超越、巫与神话的话题，都很有深度，比如，讲到"道术与超越"时说：

　　道教徒当然都崇"道"。但是，道体又是虚无的，仅崇拜或信仰本身，绝不足以彰显道的幽奥神通。（这也正是道教神学与基督教神学根本差异所在。）道教徒构想了许多更为具体的手段来彰显道体，以实现终极的救赎。按照笔者个人的观点，在道教超越理论中，这些具体的手段又分成两个大的派系，一是前已谈到的贵生论，另一则是道术……贵生论的关注重点，是个体的修炼，而道术，却比较强调借助外界的力量："箓者，亦云箓三天妙气十方神仙灵官名号，与奉道之人修行。"借助了这种外界的力量，个体或能完成绝对的超越，或者，能够借助绝对的道体的力量完成某些超越自然的契机（可以称之为是一种有限的超越）。（陈奇佳、宋晖：《被围观的十字架——基督教文化与中国当代大众文学》，页二五八，中国社会科学出版社二〇一〇年版）

　　研究文学里的中土宗教问题，乃可以进入文化史的核心地段。记得江绍原先生当年写《发须爪》，就是从民间信仰和风俗出发思考旧物，被胡适和知堂所重视。江绍原是研究宗教出身的，但偏偏喜欢大众的习俗。这样的视角，看问题就有了新的图式，理念也变了。陈奇佳、宋晖是从不被一般批评家注意的文字出发，清理形象思维里的精神高度的问题，这比一般的纯文学的研究更有社会学的力度，思想的力度就显得异常起来了。

二十世纪四十年代后的中国大众文学，不太易出现对冥冥之中的存在的玄想。但在民间，邪教、原始宗教等还是可以看出来。贾平凹的小说写到了远古的图腾的问题，很有幽玄之美。这是纯文学的文本，自然属于士大夫的语境。但他从民间看到谶纬之说的流溢，民间对神秘世间的感悟，就获得了蒲松龄式的快感。在他看来，这些原始的宗教心理从未中断过。革命时代的大众文学，是道德与价值层面的书写，还原的是百姓的衣食住行的片影，神奇的彼岸世界不在作家的眼界中。我们看赵树理、老舍当年谈大众文学的文章，这些是省略不谈的。其实像老舍这样的作家，先前本身是个基督徒，后来远离教会，还原为士，为大众写作，旧有的信仰也不能不起作用，至少悲悯、慈爱的心在文字里跳动，有凡人没有的热度。比如，在新中国成立初期《说说唱唱》杂志里的文字，就在市井气里，悬置着对权力的崇敬。大众艺术中那个不可跨越的神秘的天幕，乃精神的灯塔，它吸引着人们走下去。在朴素里有神圣的因素在，也是大众艺术的一环。如果这也算是一种大众意义上的玄学，那么，我们近六十年间的文学作品可研究的空间，可能还不止仅仅在类似的文本里。

二十世纪八十年代后，人们开始扬弃这样的叙述方式。以为作家的主体精神消失了，于是需要一种精神的突围。张贤亮《绿化树》的关于性与新生的体味是宗教式的，在对马克思语录的解释中，不可避免地带着一种忏悔的姿态。礼平在《晚霞消失的时候》所言的信仰，也有一种神学的冲动。这些都属于知识分子文本的存在，大众的心理是弱化的。他们在描述大众的时候，更多的是带有读书人的一厢情愿的东西。突围的路虽然多条，但宗教语境似乎更为吸引人们。不过那时候能够在理性的高度上讨论问题的人，终究是有限的。

关于这个话题的著作，我读的很少，不知道学术界整体的看法如何。曾读到季玢《野地里的百合花：论新时期以来的中国基督文学》（中国社会科学出版社二〇一〇年版）一书，也讨论了类似的话题。这与陈奇佳等人的思考形成了一个对照。只是作者所言及的多是新时期的纯文学的文本，可能更像一般学院派的苦思。作者对宗教与文学间的互感是这样描述的：

面对当下深不可测的幽暗的灵魂之路，中国作家有着不同的精神抉择和求生策略。大致有三种：一是以物质价值的实现为文学价值的支点，放逐道德良知和人格；二是试图在文学和物质之间搭建平衡木，但往往是成为充满游戏规则的跷跷板；三是开始进行新一轮的精神突围。要么退守民间，逃逸现实，要么用梦幻叙事重建乌托邦，要么从宗教精神得到救赎。（页一七）

以神奇的形而上之力解决精神问题，早已不是新的话题。无论是大众文学还是纯文学，这种意象和信念的介入，改写了一般的叙述模式是可能的。但是以我个人的感受而言，宗教信仰在中国的当代文学里，不论是精英的还是大众的，都还处于磨合的阶段，总体还在旧语境中。张承志写西北的历史，在一勾新月的后面，也有鲁迅式的激情，五四的意象是明显的。陈奇佳通过社会问卷调查和文本分析，已经看到了这一点。借鉴洋人的方式，充实自己的叙述逻辑，是一条途径。中国的作家根本点上还是儒道释思想的后裔，莫言《生死疲劳》以百姓口吻写下的歌谣，乃民间想象的一次放大，总不免有六道轮回的旧模式。或者说，百姓只能从这样传统的叙述里产生自己的玄想。那些可能更有泥土气，更诗意，更有生命的灵性与质感。早先的莫言，受现代主义的语境影响，有诸多佳作。现在还原于民间的记忆与信仰的诗韵里，就和洋人的思维距离甚远了。

也许，在相当长的时间里，玄学与宗教，都在以中土化的方式存在着。刘小枫在其著作里似乎要超越鲁迅的路，在形而上的领域寻找新的路。可是我看他的《重启古典诗学》一书，还是有五四那代人的期许。要解决中国文化的问题，不能不有信仰的灯塔和此岸的足迹。无论思想在哪里，足迹还在中土。这是个老问题，只是人们现在走得远和近不同而已。

据说中国大众的各类信仰者很多，那么精神活动转换为艺术活动的时候，一定会多样的吧。事实是，人们精神生活的转换并非容易。李叔同死前说"悲欣交集"。那是悟道深者之言，已有许多神意在。可是细细品味，还是现实的存在有所牵挂，那文字背后，还是中国读书人的气质。我们读了，只有感叹。由此可以推测，文学的延续与思想的延续，以汉语的载体出现的时候，就不免中国气味，大众与读书人在这一点上，也没有多少区别。

自从传教士到中国来，几百年间留下了诸多痕迹。汉语因了宗教的传播，有了新的语汇和内涵。这些都值得好好归纳。宗教的话语终究给汉语带来了什么变化，在艺术里呈现的变数是什么，我们知道得不多。也缘于此，我对大众的玄学与信仰的艺术表达，抱有好奇心。其实，这个话题还可以接着说下去，胡适、周作人那代人，是没有碰到过这样的题目的。今天的许多课题，都带着新的难点。我们要凝视的存在，也有很多难解的玄机呢。

二〇一一年二月九日

# 提问者史铁生

在北京最冷的日子里，得知史铁生去世的消息，朋友们内心的寒意更浓了。告别了语言的世界，到那个空幻的世界去，谁还能再听到他的吟哦呢？他属于和冷夜对话的人，永远那么孤独。沉潜在无绪的思想之海的时候，他才感觉到了真正的自己。而现在，曾有的话题，随着他的隐去却不知所终。

关于史铁生，媒体已经说了许多，以后也许会被人提及。那原因可能是他伸展在残缺和渴念之间。他承受了人间难以言说的痛苦，却得到了近乎最纯粹的声誉。那些对他的精神抚慰的话语，把一个受难者的苦楚覆盖了。

可是那些温情的徽号和他的思想的底色完全不同的。

史铁生是文坛上的提问者与发现者，他的小说、散文和三十年来的文学不在一起，属于另一个世界。

在最初写作里，我们看到了一个忧郁、清纯的史铁生，《遥远的清平湾》的笔意是爱意的流盼，在无奈里有空寂的一面。后来，在《来到人间》《命若琴弦》中，有对残疾人不公正的命运的宣泄，已经深意袭人了。《老屋小记》《我与地坛》《关于詹牧师的报告文学》里，试验性的笔触出现，有先锋派的意味。到了《中篇1或短篇4》《务虚笔记》，就带着玄学的特点，至于《病隙碎笔》，分明暗含爱默生、尼采独语的体式。他进入了恍兮惚兮的世界，与形而上学为伍了，不再是宿命的寓言，而是自身的追问。他的路向完全变了。

一切归于他的残疾吗？也许是吧。因了己身的不幸，他遭遇过歧视和冷遇。而这些恰发生在"文革"的岁月。由己身出发，言及社会，他发现了文明里的病灶。最初，和许多写实作家一样，把视线投向对身外世界的拷问里。可是后来意识到，其实每个人自己都有问题。福柯在《疯癫与文明》中那句话打动了他："疯癫不是一种自然现象，而是一种文明的产物。没有把这种现象说成疯癫并加以迫害的各种文化的历史，就不会有疯癫的历史。"文明史是每个人参与的过程。沿着这个思路出发，他突然意识到，文人们被欲望和流行观念驱使时的那种写作，或许是对自己最陌生的自欺。

在远离利害冲突的年月，他成了我们这个时代的旁观者。许多热闹的存在在他的眼里都失去意义。他十分欣赏弗兰克的那句话，生命的意义不是被给予的，而是被提出的。于是在写作里，作为一个提问者，进入了对当代社会的对话中。

他其实是很有荒谬感的人。在二十世纪八十年代所写的《关于詹牧师的报告文学》，就很有黑色幽默的意味，价值错位与文化间的关系被演绎得楚楚动人。在叙述方法上受到了鲁迅的暗示，又加之西洋的一些现代主义等技巧。可是不久他放弃了这些，而是开始独吟之路。《我与地坛》乃一曲咏叹，这在半个世纪以来的文学中是罕见的。文体和意境都与当时的文学相距甚远。他开始拷问自己，一切都归于自己，也许能够发现诸多问题。他说："时间限制了我们，习惯限制了我们，谣言般的舆论让我们陷于实际。"（《史铁生自选集》，页四九六，海南出版社二〇〇六年版）那个远离我们的模糊的世界，也许才有本我。

于是，他由自己的有限，看到了生命的有限，也由此，沿着没有路的荒原，看到了存在的悖谬。人的不幸是在这样的有限里，却时刻也不觉得。在很无奈地进入到这样的有限的时候，却省悟到直面它的快感。

不错，他开始拒绝那些所谓美满的话语。只有残缺才是真实的。悲剧常常出现在幻象的预期里，只有清醒于缺欠才可能避免妄念。当诗人顾城死去的时候，他就感叹道，那原因是制造了一个圆满的梦。结果一切空无：

看顾城的书时，我心里一直盼望着他的梦想能够实现。但这之前我已经知道了那结尾是一次屠杀，因此，我每看到一处美丽的地方，都暗暗希望就此打住，停下来，就停在这儿，你为什么不能就停在这儿呢？于是我终于看见，那美丽的梦想的后面，还有一颗帝王的心：强制推行，比梦想本身更具诱惑。（页六二七）

这句话里有他的老到与沉稳，他目光的透彻，和他文本的稚气不太协调。虚妄来自康德所说的那个先验性的范畴，撕碎它才能进入真实，可是没有语言，没有这样的先验的符号，我们又能怎样思维？这是个难题。史铁生在此停住了。他竭力向着那个认知的极限眺望，其创作的渴望，就缠绕在这里。

史铁生提问的几乎都是文学中最棘手的难题。存在与乌有，纯洁与罪过，询问与走失……答案也许没有，而在文字的穿插中却让我们看到了写作的反常规的惬意，那就是带着遗憾向着未知的陌生的领域挺进。

提问的过程，是发现的过程。他对旧小说忽略普通人价值的描述深表痛心，如同鲁迅《狂人日记》的话语，虽然远没有鲁迅复杂。他对道德话语下的忏悔问题的解释，也有点批判意识，谁没有过失呢？为什么把自己变为天使，而独独别人是恶魔？从自己的世界寻找问题也许才能打破彼此间的隔膜。史铁生觉得文学的写作，就是发现与提问并行的劳动。他说：

罗兰·巴特说过：文学是语言的探险。那就是说，文学是要向着陌生之域开路。陌生之域，并不单指陌生的空间，主要是说心魂中不曾敞开的所在。陌生之域怎么可能轻车熟路呢？倘是探险、模仿、反映和表现一类的意图就退到不大重要的地位，而发现成其主旨。（史铁生：《写作的事》，页一六四，东方出版社二〇〇六年版）

不妨说，他在提问与发现里，获得了片刻的逍遥。生命既然是不可重复的走向寂寞的过程，那么诗意的挣扎与反抗，以思想的明快与挑战面对虚无，才是人可以证明其脱俗的拯救吧。他自己就是一个不断向陌生挑战的人。《务虚笔记》的思辨之迹，《病隙碎笔》的超验之问，都是挣扎的显现。他受到了刘小枫的暗示，也得到陈村的启发，他知道，对那个看不见的存在的追求，也许是摆脱沉重的肉身的途径。于是在其文字间，我们读到了沉郁之后的明快，无望尽头的闪光。他创作了一种属于自己的表达式。虽然不脱幼稚，但却获得了精神的亮度。在汉语被日渐实用化的今天，他展现了属于自己的诗意。我在下面的一段独白里，看到了提问者与发现者史铁生的心魂的形象：

> 我不断地眺望那最初之在：一方蓝天，一条小街，阳光中缥缈可闻的一缕钟声，于是恐惧与好奇之中铺成无限。因而我看着他的背影，看他的心流一再进入黑夜，死也不是结束。只有一句话是他的保佑："看不见而信的人是有福的。"（史铁生：《病隙碎笔》，页六七，人民文学出版社二〇〇八年版）

我们可以从不同的角度理解这段话，或许引起争论也是难免的。这里，他的提问与发现变为了神异的图景。人们在经历大的磨难与挣扎里，可以用精神之力驱走恐惧与不幸。那是远天的灵光，还是心灵的微火，抑或形而上的曙色？也许是史铁生的真魂也未可知。当代文学因为他的存在，保留了一块绿地。那个未被污染的色泽，使无趣的文字世界有了可去的地方。

二〇一〇年元旦

# 陈子善小记

　　朋友们谈及陈子善，都觉得他是一个趣味主义者，聚会的时候，只要他到场，气氛就活跃起来了。今年初春的时候，在燕园举办的《陈平原文集》研讨会上，又一次见到子善先生。那天许多熟人到会，彼此开心得很。我突然发现，交往了三十余年的老友们多已老矣，而子善先生却没有大的变化，依旧那么清瘦，中气十足，且妙语连珠。于是感到，他像读书界的常青树，即便岁月老去，还是枝繁叶茂的。

　　二十世纪八十年代末，我在鲁迅博物馆第一次见到子善先生，他长得单薄，但精力充沛，说话时显得有点滑稽。偶也到鲁迅藏书库里寻点什么，与博物馆中人有点自来熟。北京对于他，是访书的好地方，在会议上交友，于旧书店旧街市流连，总能捕捉到别人看不见的东西，这个时候他的眼睛放着异常的光，自然也有几分得意。有人说他是文学史料的侦探者，那是对的。

　　沪上学人不乏海派之风，可陈子善略有点复杂，他对于张爱玲、邵洵美、叶灵凤、施蛰存、郑逸梅等颇为欣赏，但细细看去，京派的趣味也是有的，知堂、林徽因、台静农、沈从文、萧乾都吸引他，谈及诸人，带有一丝敬意，藏书家的惬意和鉴赏家的表情晃动在字里行间。其实上海有几位学人都有类似特点，黄裳的文字就有周氏兄弟的影子，施蛰存的小说虽被视为"新感觉派"的一种，看他的随笔，则让人想起"苦雨斋"的某些滋味。京海两派遗风能够融合，气象自然就不那么小气。王安忆、刘绪源的文字就南北互感，样子是海派的，辞章则略见北人的清峻气。我觉得现代文学研究者中，保持这种遗风的，子善先生是个代表。他晚年主编《海派》杂志，可周围的朋友，新京派不乏其人，以京派眼光看海派，又用海派的灵感揣摩民国以来的文脉，古朴的语气，也是旧里见新，新中含旧的。

子善先生在某些地方有点民国报人的样子，对于书林信息格外留意。他识人甚多，爱好也杂，交游范围在多个领域。多年间欣赏那些非学院派的文人，北京的止庵、谢其章、赵国忠，上海的张伟、周立民，都是可以深入对话的人。那些在大学围墙外的爱书人，既读象牙塔里的文字，也阅世间这本书，学问是带弹性的。民国的报人曹聚仁，就游走在书斋与街市中，甚至是战地记者，写出不少佳作。这种境界，陈子善神往得很。他回忆说，1966 年还是高中生的他，去中国人民大学造访曾经的《大公报》记者、新闻系主任蒋荫恩，表示要学新闻专业。那原因有"无冕之王"的惬意，可惜时代没有给他这个机会。

子善先生送给我的书，看后都不觉枯燥。他论文很少，书话写作为其所爱，这几乎涵盖了其大半著作。研究现代文学的人中，唐弢、姜德明都以书话闻世，且传播很广。可目前的学者，多不碰这样的文体了。书话的好处，是浸于书林之中，多是版本鉴赏，行迹考辨，行文不必涂饰，辞章本乎性情。有人，有事，有诗，旧式文章的风格也藏于其间。看他的文章，是白话文路边的林木，标出各路人等，左翼作家，保守学者，独行的诗人，都有可说、可评、可感之处。如此宽厚地对待不同流派的人，是感到唯有差异性审美的碰撞，意义才能出来的。

我觉得归纳他的学问不太容易，如果硬要总结的话，可以说是以一带多，串糖葫芦式的。由鲁迅而串出钱玄同、刘半农、郁达夫、台静农、梁实秋、萧红等；因"苦雨斋"而引来废名、徐祖正、张定璜、陶晶孙、曹聚仁、江绍原诸人；从郁达夫生平而关联到徐志摩、蔡元培、曹禺、柳亚子、林语堂一众；至于张爱玲，则像是海派河流上的船，月色下有点孤单，两岸是洋场上的墨客身影：傅雷、丁玲、苏青、夏衍、柯灵、李君维……一而通多，多而归一，散而不乱。一个人就是一片风景。

1976 年，陈子善参加《鲁迅全集》书信部分的注释工作，这对于他后来的学术兴趣，产生不小的影响，那段日子训练了校勘、释文的本领，熟悉了诸多文本细微之处，更重要的是了解了二十世纪三十年代文人的情状。在第一手资料中，发现教科书的表述可修订者多多。他关于周氏兄弟，常常有别样的体味，那些不是从外在理论出发的演绎，而是对史料片段的解析。鲁迅有一篇《娜拉走后怎样》的手稿，流传到美国。陈子善对此颇为上心，他在《遗泽永留，友情长存》一文介绍了鲁迅《娜拉走后怎样》手稿的下落，对于细节披露甚多。手稿如何在战乱中由台静农转入魏建功之手，魏建功又如何物归原主，交代得清清楚楚。有趣的是，手稿长卷有常惠、魏建功、马裕藻、舒芜、许寿裳、李霁野六人的题跋，可谓鲁迅身后的一段佳话。魏建功的儿子魏至因此曾找刘思源和我说，想去美国寻来，他和台静农长子很熟，建议鲁迅博物馆出资收之。可惜那时候因条件所限，未能如愿。由陈子善的一篇文章引起的故事，溅起了微澜，让我至今难忘。再比如，他梳理郁达夫与鲁迅的关系史，年谱做得很细，将两人交往的来龙去脉写得清清楚楚。小说《故乡》在日本传播很广，如何进入日本读者视野的？陈子善靠日本学者铃木正夫帮助，才发现是郁达夫推荐过去的。这里既可看出郁达夫对于鲁迅的热爱，也能感受到中日民间交往的线索。一段历史之谜，就这样解开了。这些琐碎之事，学者一般不太注意，但一旦打开旧岁之门，风景就不同了。而且有时候，其作用要胜于某些空泛之论的。

我后来读《发现的愉悦》《纸上交响》两书，才知道陈子善痴迷于绘画与音乐，对旋律、图像、文字都很敏感，不限于古典和现代。我很好奇莫扎特与舒伯特如何影响了他，现代文学研究是否留有这些底色也未可知。他的张爱玲研究，涉猎面就很广，从插图，说到文本，在灵动的线条里，也窥见作者文字折射的意象。这里可以看出子善先生对于笔墨、构图的赏析力，并由此进入文学史的长廊。那本《比亚兹莱在中国》，有作者无言之言，内心对于超常规的精神变异性表达的青睐，也注解了他欣赏鲁迅与张爱玲的原因。这分明露出了埋藏在其内心深处的狂狷和自我放逐之意，这本书的编辑后记看似漫不经心的走笔，实则是对于庸常的揶揄。这让我想起他聊天时的幽默之状，嬉笑与反讽之中，幻影皆逝，而真人之迹显矣。

多年间，他编辑的书籍数量不少，《回忆郁达夫》

《回忆台静农》《龙坡杂文》《记忆张爱玲》《叶灵凤随笔合集》《董桥文录》，读后觉得新鲜，为读者和研究者提供了难得的篇什。北京有位老作家南星，很会写文章，张中行对其称赞得很，但文学史不见其迹。上个世纪九十年代，陈子善通过各种渠道联系到作者，终得较详的信息。南星的文字，无京派的老气，清净而幽玄，有先锋笔意。他将南星的散文集《甘雨胡同六号》编辑出来，并感叹"许许多多文学成就远不如他的作家，早已出版了选集、文集乃至全集，而他直至去世，无论诗集还是散文集都未能重印或新编出版，文学史家也未对他的诗文给予应有的关注，实在是件遗憾的事"。我觉得他是有考据癖的，也有发现的快乐。一般的史料专家，都有特定的研究范围，不太注意失踪者的笔墨。陈子善的趣味从民国延续到当下，无论什么出身，凡引人入胜的辞章，悉入眼帘，且记之，绘之，力推其流布于世间。2001 年他主持《上海文学》"记忆·时间"栏目的时候，就第一次在大陆推荐了木心的作品《上海赋》，引起读者的注意。他后来写下的《木心笔下的张爱玲》，一方面感叹木心的神来之笔，也考证出其记忆的不确，史家的态度，历历在目。

陈子善讲话的时候，急来慢去，亦庄亦谐，略带缓冲的节奏，有点像汉字的平仄之舞，显得好玩。行文呢，有话则长，无话则短，看不到硬凑的痕迹。有人会说他浅，没有厚重的专著，但这"浅"中，却显出思想的透明，和心绪的透明。五十余年来，他把玩版本，流连尺牍，打捞遗珠，会心的样子像个顽童。在日趋模式化的学院派里，依然灵动有趣，又常带着冷静的独语。这让我想起旧岁的诸多学者，心无旁骛，有定力在的。在学术成为流水线的生产的今天，许多人的词语是没有温度的。陈子善则不然，他的书是从手工作坊里出来的，上面印着对于艺术的初始感觉，和触摸存在的灵敏神经。扣历史之门，听贤者之音，在他是一种享受。读陈子善的文章，能感到目明、神清、思远，悠悠然与智者为伍。世界变了，他自己还在那条路上。经由他的墨迹，斑斑点点间，连成了一部个人的文学史。

二〇二四年五月三日改定

# 写作的叛徒

卡尔维诺介绍到汉语世界的时候，中土的小说家被刺激了神经，一扇通往神秘路的门好像被敲开了。王小波说，小说的主要元素是智性的存在，其实是有意无意的对卡尔维诺的呼应。那时候受其影响，一些迷宫里走路的作品出现了。不过除王小波之外，受卡尔维诺影响的作家，未必都读懂了那位意大利人的世界，皮毛的东西也是有的，没有的却是灵魂的震惊。中国的小说家没有几个人能真的去进行心灵的冒险，即便是注意到此的人，在时空的感觉上，也未必能进入王氏所说的精神的游戏里。鲁迅之后，小说家被实际的元素捆住了手脚，写作成为经验哲学的囚徒的时候，王小波所说的智性并不能降临。

或可以说，好的小说是精神的实验室，诸种可能都会有的。卡夫卡、巴别尔、博尔赫斯、卡尔维诺等人一直走在这实验室的深处。每个人的气脉都自成一路。但他们不满足于既有的存在，总在向自己的认知极限挺进着。中国的小说家能做到此点寥寥无几，是思维的问题还是别的因素所致，乃难说之事。在习惯语中要变换风格则很有难度，克服旧我纠结的挑战者，其实面临着对自我的颠覆，那就不得不做一次"写作的叛徒"。

这是阎连科在新的长篇小说《四书》后记里的一句话，他称自己在力求做一次类似的选择。"写作的叛徒"乃不规训的一种出走，即对自己旧的书写习惯的一次突围。评论界对他的评价还是一个"问题小说家"。但《四书》的问世，人们对他的看法或许会发生变化。这是一本在认知与审美上都向极限挑战的作品，也意味着他自己笔耕生涯的一次革命。如何处理自己生命里的经验，怎样面对那些他以为是难题的历史，都有深思。他都绕过了经验哲学的岛屿，一反常态地走到陌生的世界。他写这本书，一些旧有的语言习惯被放弃了，浓缩了几代人的血泪写成了一部形而上的寓言。

《四书》的结构很怪，是四本书的衔接，讲的是同一个故事。它在人物安排与情节的构思上，都在逻辑世界的外面。一个孩子与一群远离故土的知识分子在黄河边劳作的旧事，演绎着精神史中离奇的一页。作者没有专心去勾勒那些思想者的内宇宙，他们的价值取向和知识趣味都模糊不清，人与环境的关系成为作者凝视的焦点。无数可怜的文人在与厄运相逢，绝境里发生了奇异的故事。小说一开篇就是一片荒蛮的世界，人们被抛弃在没有亮色的地方。作品好似受到圣经文本的暗示，不仅有但丁的诗意的缭绕，还带着陀思妥耶夫斯基式的紧张。这是作者所说的"零因果"里的真实。人性的如何压抑，选择的如何怪诞，思想的怎样虚无，在此历历在目矣。

对历史无法进行清醒的艺术处理，是我们时代知识群落的通病。阎连科意识到，表现什么，或如何表现，对当代作家都是一个问题。而对精神存在的秘密的打量，我们的流行语言都难以胜任。进行文学叙述的时候，重新刷新自己显得异常重要。《四书》以几个人不同的视角，描述了宗教般的狂热下的悲剧。所有的期待都非对己身的凝视，不过是对外在虚妄存在的穿越的渴望。受难人的选择都不可思议，而"事情就这样成了"。对单调的残酷生活的描述，在以往的作品里只有单调的呈现，而阎连科却把那段生活的时空以突奇的笔触扭碎，渗进另类的思考。那是作者对不可能表达的一次表达，抽象的理念与真实的感情体验的组合，把流行的叙述语体拆解了。在最萧索的画面里，诗的流韵往返不已，作者在凝固的时空里，以自己的挣扎之姿，显示了惨烈中的美。

《四书》的人物名字都很概念，有的仿佛天外来客，有的荒诞得不可思议。人格呢，也不能简单地以好坏为之。以抽象的聚焦来呈现情感的真，比一般写实式的作品有了种玄学般的力量。作者的笔触让我想起鲁迅的《野草》。在灰暗、血色里存在，高而远的星眨着神秘的眼，上苍的低语也流进泥土的世界。挣扎者的面孔也以变形的样子出现了。阎连科承认这是一次自我放逐，是的，他真的置身于万难忍受的世界，游走在实有与虚无之间。在隐喻、象征的世界里，怪异的存在却以情感的真而变为精神的另类文体。所有的人物都是一类人的象征："孩子""学者""宗教""音乐""作家"，都没有被姓氏化命名。他们的家族、背景、社会关系都在因果关系之外，可是心灵与世界对应时的内在意味，那么真地流动着，每个人的背后折射的历史，都不是教科书里的语言可以显现的。

爱罗先珂写过《狭的笼》一书，描述失去自由的人只能在狭的笼做缥缈的梦，那还太老实了。《四书》不仅写到梦，也涉猎笼子内的可怖的生活。流放者面对的是，要么放弃信念趋时，要么死灭。无路可走的时候，选择就变形了。"实验"这个人，为了苟活，只能无耻地出卖别人，至于名为"作家"的那个人，在《故道》里所描述的以血喂苗、制造高产的创举，触目惊心。所有的独白与内觉都是压抑的。寒的夜，冰的月，以及冷的风，衬托着无边的寂寥。而人们的宿命是，走不出黄河故道的围栏，被限定在迷阵里。一点点消磨着，一点点沉寂着。偶也能见到"学者"那类人的抵抗。可是又不得不为爱而妥协，因柔情而退缩。当人被无形的网罩住的时候，哪一种选择是好的？这里，阎连科真的有些"对绝望的绝望了"。

《四书》一再写人的罪感。那不是儒家层面的羞愧，而是上苍面前的自审。那些没有罪的人因为要离开罪名而不得不有罪。《天的孩子》的文本很是特别，以上苍般的使者之口宣布罪恶的赎回只能劳作，以创世之举使人走入天堂。那个被赋予神圣之光的孩子，以童年的目光抚摸着罪人的肌肤，且引领着人们走进洗刷罪恶之途。为了外在的理念的合理性而牺牲自我的情感的合理性，每一种合理的情感的表达都成了罪恶的表达。基督说："凡想保全生命的，必丢失。凡奉献生命的，必救活性命。"《四书》弥漫的气息，就有箴言的意味。我们毫不觉得作者的故弄玄虚。那种心理的真实，是超越我们的情感逻辑里的。以一种非宗教式的宗教文本写一段非同寻常的历史，便看到罪感的缘由。我们从分裂的人格与群体思维里，终于目睹了那些存在之外的存在。

"孩子"是个复杂的人物，他的一切都不在常人的轨道上。天真得不可思议，罪恶得不可思议，死得也不可思议。作者一反过去恶的人的表现。他的童真、自虐、殉身等选择，可能更能窥见人性深处的隐含。小说写到了他对上天的仰慕与顺从，但那神圣之后的变态人生，竟成了农场苦难的导演者。这是人欲的畸形的存在，感情的真实，甚至还能使人对其产生同情。当他良心发现的时候，我们看到的是其内心柔软的部分，而这时候你会觉得，尘世的曲直凸凹，有时候是在既成的话语中不能捕捉到的。

小说中"作家"这个形象，开掘的是特定时期文人复杂的存在。他出卖过别人，也荒唐地为人所役。后来的忏悔，对自己的选择的内责，亦有深意。阎连科处理这样的人物，乃对人性的各类色彩的提取。他充分考虑到人的变化的内在性因素，以及恶的存在与良知之间的距离感。"作家"割自己的肉去救别人之举，是生命的滴血的吟哦，痛感中，温存的爱意被唤起来了。鲁迅、莫言都写过类似的主题，但都是主动吃人或被吃。而《四书》却写了"作家"以内戕的办法度己与度人，舍身喂人。一切都调换过来了。阎连科向着生命深处切割的笔锋，唤起了自我颠覆的渴望。以极端的方式正常地活着，这是怎样的人生！

同以往的作品一样，阎连科照样表现出调子的异样与阴沉。惨烈里的曙色迟迟不来，鬼气的天飘的雪纷纷散落。他知道对付苦海的办法，只能像鲁迅那样，去肉搏着惨淡的黑夜了。书本被剥夺了，便可以独思对之；信念被剥夺时，沉默也是一种反抗；最惨者乃生存空间的丧失，只有以死相对。《四书》里惊心动魄的是那大的死亡之神的舞蹈，所有的存在都在死色里挣扎着。大家要走出那片死亡之地，可身边是看不见的围墙。这让人想起卡夫卡的《城堡》，宿命之网恢恢，而生存之所安在？我在此处，感到了一种无词的言语。

　　既然要撕裂旧的空间，小说的叙述策略就显得异乎寻常的重要。二十世纪八十年代的先锋小说曾有过各类尝试，传统的写实手段被颠覆到怪诞的语意里，许多场景都有迷宫之意。但到了阎连科这里，上苍式的领悟开始出现。比如"天的孩子"，从哪里来的呢？我们似乎并不清楚。他的感情方式和行为选择，有天真的一面，未尝没有可爱的地方。他的形象对存在与虚无的领略，可能提供一种参考。那所有的选择，都导致残酷与死亡，乃法西斯流音的回转。作者设计这个人物，有神奇之笔。比如，面对"音乐"这个人物的诱惑，却毫不心动，感情的脉络是反常的。他对那些反抗自己的人，面孔也不狰狞，甚至还有温情。而这温情下的一切，悲剧却源源不断涌来。他自己钉死自己的时候，便把已有的神话粉碎了。小说看似离奇，而真意在焉。

　　我觉得《四书》最大的变化是作者语言的自觉。在语言的世界里，有作者挣扎的浓浓痕迹。他意识到旧的书写方式存在着问题，汉语变为乏味之所时，精神必是枯萎了。那些语言是对未曾有的句式的敬意。以短句拆解八股之文，用生涩口吻颠覆圆滑无趣的语序。阎连科不仅和思想的旧路别扭，重要的是在与自己的叙事习惯别扭。于是，灰暗的记忆之窗射进精神的光，上帝般的笑意来了。在巨大无比的时空里，我们的文字有什么永恒之美么？他自己的自信与不自信，都在此闪烁着。小说开篇写道：

　　大地和脚，回来了。

　　秋天之后，旷得很，地野铺平，混荡着，人在地上渺小。一个黑点星渐着大。育新区的房子开天辟地。人就住了。事就这样成了。地托着脚，回来了。金落日。事就这样成了。光亮粗重，每一杆，八两七两；一杆一杆，林挤林密。孩子的脚，舞蹈落日。暖气硌脚，也硌前胸后背。人撞着暖气。暖气勒人。育新区的房子，老极的青砖青瓦，堆积着年月老极混沌的光，在旷野，开天辟地。人就住了。事就这样成了。光是好的，神把光暗分开。光称为昼，称暗为夜。有晚上，有早上。这样分开。暗来稍前，称为黄昏。黄昏是好的。鸡登架，羊归圈，牛卸了犁耙，人就收了他的工了。（阎连科：《四书》手稿，页一）

　　这是带有神性的笔触，可却是人间的另一种写真。在此，我们看到了一种飞动的能量。当代小说家在释放语言的能量时，途径各异。王蒙把语言的逻辑之流引向革命的狂欢，莫言则搅动在民间的历史里，阎连科的语言是向自我的精神暗夜敞开的。在《四书》里，作者不断挣脱旧的语言习惯给自己带来的压迫。他在反抗旧的叙事时空的时候，也在抵抗业已形成的语言逻辑。比如大量运用短句，限制修辞的滥用。比如以简练的半截话留有空白，不让纸面堆满闲语。他使用的词语是血色与灰暗相间的。痛感的词汇与辽远的神秘感并驾齐驱，并且融进圣经体的语词，叙述口吻在天宇与地狱里回旋，思想的时空辽阔而耀眼。

　　如他所述，在这部作品里最大程度呈现了对自我的背叛。当命运不以自己的期许运行的时候，人只能在外在于自己的可怜的天地苟活，回到自身的精神之所不过幻想。《四书》对极端年代的人性丧失的描摹，与天启的神灵是对应的。一面是恶的无处不在的蔓延，一面乃爱欲世界的强烈之光的照射。作者把人性放置在残酷的环境，以异样的词语拷问着每一个人。这里有行为的限制后的无奈，有饥饿的惶恐，加之那个神圣信仰下的人生透视。爱情的偷偷摸摸，思想的告密，人格的出卖，为苟活而挣扎的面孔，都栩栩如生。人类极端情形下的形状与各类可能都陈列在《四书》的画面里。安德烈·纪德在描述陀思妥耶夫斯基的时候，认为其文本里是无底的深渊，不确切性背后的无休止的精神角斗，这比巴尔扎克的本质主义笔法，更有力度。"陀思妥耶夫斯基只是在个人的自我放弃中看到了拯救，想到了拯救。但是另一方面，他也暗示我们，人只有达到忧伤的极限时，他才最接近上帝。"阎连科有意无意地存在着这样的选择，或者说他气质里的本然不属于巴尔扎克传统，而更接近陀思妥耶夫斯基式的阴冷。我们的作者看到了人性洞穴的一丝暗影，在没有颜色的地方，世界可能是更丰富的。

我阅读这本书，一直感慨于他出乎意料的笔墨。小说最后的部分很让人回味，作者不仅重新开启了自问的新途，重要的是改写了西洋宗教的母题。西绪弗神话竟被另一种隐含所覆盖。阎连科在一个神圣的故事里，渗进相反的隐喻。当人们习惯于一种定力的时候，精神就枯萎了。起初的不习惯，可能成为自然。而你还会去礼赞这样的自然，竟不知自己的本原被移植到非本质的世界里。在这一章里，阎连科还展示了世俗社会对精神信仰的侵蚀。这是有感于中国过于实际的一种书写，信仰天幕的星星早已坠落人间，凡俗是何等地引人。人们在日常里的乐趣，早已不会去仰望星空了。作者这个情怀很少被人提及，反倒被他写什么所迷惑着。他的寓言的多义性，使世人多误解其意。《四书》好像在讽喻历史，实则在挣扎里处理知性世界的空白。他知道早该有人面对这样的空白。而自己能否胜任于此，他不是没有踌躇的地方。

阎连科是中国最有争议的作家之一。但他可能是最被误解的作家，或者说，乃是一个"不该有问题的问题作家"。《四书》的问世，我们看到了小说实验的快感。在阅读他的文本时，则有了王小波式的天外来客般的惊异。他在审美极限里的突围里，把人性的诸多可能昭示出来。而且形式的时空完全脱离了旧时代的痕迹，在智性里多了汉语写作罕见的笔墨。他在《日光流年》里写了乡民苦难的歌谣，在《受活》中嘲笑了乡下的现实，而《四书》则呈现的是人、神之间的隐秘，他所说的"神实主义"的内涵，大概就在这里。

一个作家能够在陌生化的书写里与旧我剥离，是大难之事。《四书》的问世，是一种难点的跨越，也由此，他成了流行色里的异端。阎连科承认自己的写作受到了鲁迅的影响，我们从此书里依稀体味到了《狂人日记》《补天》的气味。在书的后记中，作者谈到了对鲁迅的敬意。甚至连书的封面设计，也带有《呐喊》的特色。鲁迅的文本是有痛感的，但那痛感的背后却是求索的紧张。你丝毫没有感到沉沦到黑夜里的无奈，而是有一种冲出死亡洞穴的生命之流的涌动。阎连科在血液里流着鲁迅的因子，作者不再满足对悲剧的道德化的描述，在文本里渗透着解析民族性的渴望。而他意识到，面对这样的话题，只有以抵抗的姿态才可能回到问题的实质，返身凝视到自己。中国人一方面没有形而上的生活，可在狂热的时候又有宗教般的神秘体验。阎连科注意到对这两种存在的抵抗。他借用了宗教式的叙述文体和意象，却写着不属于宗教的诗文。在整部作品里，我感到了他的孤独选择路径的努力。既然已经踏进黑洞的深处，就绝不返身自顾。这分明也是"过客"的意识，与鲁迅笔下的行走者庶几近之。我相信他自己在写作里的苦楚、徘徊也未尝没有，而倔强的精神却在内心的冲突里显现出来。克服苍白的汉语小说的苍白的表述，在背叛的写作之途里，他内心的快慰，我们亦可领略一二。

二〇一一年十月七日

# 从『未庄』到『古炉村』

　　杜亚泉在论述游民文化的时候，看到了其在特定时期的破坏作用，认为游民"凡事皆倾于过激，喜破坏，常怀愤恨，视当世之人皆可恶，几无一不可杀者"。游民概念的引入，对理解中国史颇有参照。王学泰作《中国游民文化与中国社会》一书，亦多引用其观点作为参证，并因此涉猎鲁迅关于国民性问题的思路。晚清后的文人讨论流寇与暴民现象，不乏对历史轮回的忧虑，鲁迅在言及中国社会的衰败史时说，有两种力量对社会的破坏巨大，一是"寇盗式的破坏"，二是"奴才式的破坏"。这两种力量给社会的洗劫或民间风气的摧毁，在明清文人的笔迹里都有记述。晚清民众已不大能够理解唐宋人的内心，那是专制下的统治尽毁前朝文明的缘故。辛亥革命前，章太炎、梁启超谈民风、民俗的重建，其实是有感于民间文化的单调，杜亚泉后来对游民文化负面因素的警惕，不是没有道理。

　　辛亥革命后，鲁迅作小说多篇，写乡下人的变化，涉猎的也有类似的问题。我们现在了解那时候的国民心理，《阿Q正传》《头发的故事》《风波》都是不可多得的感性资料。他笔下寂寞的乡间，诗意的存在寥寥，破败与灰色把人的世界罩住，一切如旧，民心几乎没有什么变化。阿Q的命运表面与辛亥时代的氛围有关，细看起来确是历史惯性的延续，那一切不过游民存在的新式形态，只是罩上新的革命时代的词语罢了。

关于辛亥革命，鲁迅与周作人的言论都显得平平，不及章太炎、孙中山的思想那么系统。稍早于周氏兄弟的前辈，排满的思绪早已辐射在社会与学林，引发了世风的变动。周氏兄弟的笔下，只是记录了那时候的感受，多形象的画面。即以鲁迅的小说而言，写的也不过陈年杂记，对那场革命对民间文化的影响，却力透纸背。革命刺激了社会阶层的变化，但对古老的乡下而言，竟是游民的狂欢，未庄的革命像似闹剧，泛起的确是历史的沉渣。

五四那代人，对辛亥革命抱有敬意，但也对其未能改变国民的灵魂而无可奈何。阿Q式的革命，不过"我要什么就是什么"，是自我的膨胀。他借着社会的巨变，表达的还是那点可怜的夙愿，和美的心灵生活没有关系。愚弱的国民，在奴性十足的时代，要改变自身的时候，多是"奴变"的冲动，严重者如李逵的那种心理：杀到东京，夺了鸟位。最终还是奴才的样子。

辛亥之后，中国有抗日运动、国共内战、土改运动与"文革"，一个接着一个。变化不仅有文化的转向，重要的是乡下的民风，岁时、礼仪里的古风早已散如云烟，不见踪迹了。这个变化在二十世纪八十年代的小说里偶有涉猎。但都是社会学层面的表述，关乎世道人心者不多。人们对那段生活，似乎还不能加以历史化的处理。

　　鲁迅之后，小说家写到乡下生活，不自觉地延续着国民性审视的命题，阿 Q 相也时隐时现着。《爸爸爸》《陈奂生上城》都是。杂文家如邵燕祥、牧惠等也含有鲁迅遗风。阎连科的《受活》早已含有对民众的无奈，反讽与盘诘中，有自痛之处。对比一下五四人的心态，上述作品总有些相似的地方，也可以说是鲁迅意象的折射。近来读贾平凹的《古炉》，见其写陕西乡下的生活，也有意无意地延续了鲁迅的余脉，似乎是《阿 Q 正传》的另一种放大的版本。作者一改过去的体例，写实与梦幻相交，从乡土里打捞着历史的余绪，百年间乡村的人的苦乐之迹，于此历历在目矣。

　　《古炉》的笔法，是传奇式的，内涵比以往的乡土作品都要饱满，审美的维度也宏阔了。鲁迅写《阿 Q 正传》，用的是旧小说的白描和夏目漱石式的讽刺手法，贾平凹则有古中国志怪与录异的味道了。他们都不是一本正经地叙述故事，人物是怪怪的。阿 Q 的形象是搞笑的，有旧戏小丑的一面，也多西洋幽默小说的痕迹，给人的整体印象是超然于社会的上帝的笔意。贾平凹则是另一番隐喻，好像找到了中国式的魔幻，对悲剧的理解厚重了。他们的反雅化的文本，对中国历史的解释有了另类的视角。

　　未庄作为一个意象，乃中国古老村镇的缩影。那里人的古音与俗调，主奴结构，非人道的生态，都是鲁迅的审美存在的外化。他以此为舞台，写人生的众生相：王胡、小 D、假洋鬼子、赵太爷、老尼姑、吴妈等，乡村世界的一切都有隐含。未庄的革命是阿 Q 搞起来的，对村子里的上层与下层人都有触动。造反自然是大的买卖，自己的价值随之攀升，地主豪绅惶惶不可终日。但那革命则利己的表演，转瞬间就被消灭掉了。鲁迅看到了游民文化心理的劣根性,对那样的造反有冷冷的嘲讽。阿Q走到街上高喊口号的样子颇为可笑,作者对这样的革命有着自己的警惕在,那是一场没有灵魂的造反,其实与游民的暴乱很是相似。鲁迅写到此处不惜用笑料为之,落了个反讽的效果。贾平凹也是这样,他也嘲笑,却用魔幻的手段。古炉村里的人生,是多样的,用作者的话说是让人爱恨交加。贾平凹说:"烧制瓷器的那个古炉村子,是偏僻的,那里的山水清明,树木种类繁多,野兽活跃,六畜兴旺,而人虽然勤劳又擅长于技工,却极度贫穷,正因为太贫穷了,他们落后,简陋,委琐,荒诞,残忍。"小说中许多片段,是人性恶的因素的显现,让我们觉得不像是人间。那些互斗中的杀戮,与晚明的"民变"无甚区别,也正印证了杜亚泉当年对农村社会的精妙之论。

若说《古炉》与《阿Q正传》有什么可互证的篇幅,那就是都写到了乡下人荒凉心灵下的造反。这造反都是现代的,自上而下的选择。百姓不过被动地卷入其间。贾平凹笔下的霸槽与鲁迅作品的阿Q,震动了乡村的现实。当年鲁迅写阿Q,不过是展示奴才的卑怯,而贾平凹在古炉村显现的"文革",则比阿Q的摧毁力大矣,真真是寇盗的洗劫。乡间文化因之而蒙羞,往昔残存的一点灵光也一点点消失了。这里有对乡下古风流失的痛心疾首,看似热闹的地方却有泪光的闪现。中国乡土本来有一种心理制衡的文明形态,元代以后,战乱中尽毁于火海,到了民国,那只是微光一现了。《阿Q正传》的土谷祠、尼姑庵与《古炉》里的山神庙、窑场,乃乡土的精神湿地,可是在变动的时代已不复温润之调。到了二十世纪六十年代末,只剩下了蛮荒之所。中国的悲哀在于,流行文化中主奴的因素增多,乡野的野性的文明向不得发达，精神之维日趋荒凉了。但那一点点慰藉百姓的古风也在"文革"里毁于内讧，其状惨不忍睹。中国已经没有真正意义的民间，确乎不是耸言听闻。从鲁迅到贾平凹，已深味其间的苦态。

霸槽这个形象，是农民造反者的化身。他的流氓气和领袖欲，潜伏在民间久矣。一旦环境变化，便显出大的威力来。《古炉》写到百姓对他的感受，是流寇的再现。他的造反，全无人性。先是烧书，毁掉文物，山门里的石刻、绘画、木雕没有幸免者。再是对异己者的酷刑，对弱小者的迫害。最后是全村卷入武斗之中，民不堪命的场景处处可见。在贾平凹看来，霸槽、开石、黄生生、秃子金等人，大概比阿 Q 更蛮横、无知和凶残。阿 Q 没有杀人的冲动，对古老的文明虽然无知，却无摧毁之意。而霸槽的选择是摧枯拉朽，一切旧的依存都烧掉砸掉，将历史置于空无之中。难怪村民说："狗日的霸槽是疯了，闹土匪啦！"

这样大规模书写乡村社会革命负面的作用，在小说中不多。中国社会的农民问题，是个根本的问题。农民与土地的关系，有历史的文化积淀。那个脆弱的环节一旦被瓦解，灾难就降临了。考察霸槽与阿 Q 的关系，前者野蛮，后者狡诈。阿 Q 的革命不过是改变自己的命运，没有做大官的欲望。霸槽就野性极了。希望有权力与位置，而且一身痞气。他说希望各村都有自己的丈母娘，乱世可以谋一官半职。"要是旧社会，就拉一杆枪上山""弄一个军长师长干干"。他戴着军帽，领着水皮在村里急匆匆破"四旧"的样子，与阿 Q 当年"我挥起钢鞭将你打"的神态，庶几近之。阿 Q 之举有些可笑，并不能主宰人们的命运，而霸槽等人则不仅下流，重要的在于改变了乡下的生态，那些神圣口号下的激进的选择，一度成为乡村的主旋律，这也是阿Q所办不到的伟业。

鲁迅对百姓哀其不幸、怒其不争的时候，文笔有肃杀的韵味，哀怨是深藏在句式里的。也因此，背景一片冷色。他的笔下几乎没有温情的余晖。所以，后来虽然加入左联，而对革命队伍新的主奴关系，不是没有警惕。贾平凹对此亦有体验，作为"文革"的受害者，内心是苦楚的。不过随着年龄的递增，反倒消解了个体的恩怨，能以苍冷的笔墨反观那些无奈的存在，含义则斑斓多姿，有神意的幻影在。《阿Q正传》的背景是灰暗模糊的，儒道释的因素似乎是游移不定的。《古炉》则多是聊斋式的遗响，人与神鬼、上苍之间的对白都映现于此。他们画了一个苍老的古村，看到了民众的灵魂。比如，无我、自欺、自恋和奴性。从这两个村子的对比里，我们看到了底色互为相关的部分。

无疑，现当代文学中是有鲁迅的传统的。台静农、许钦文、聂绀弩都带有鲁迅之风。莫言、张承志、刘恒的鲁迅语境也是深的。贾平凹得其一点，又自寻路径，后来形成了另一种风格。不过中国作家的宿命在于，一旦深入社会的母题，鲁迅的影子便时隐时现。这是一个民族的关口，我们一直没有迈出去。贾平凹不再满足于鲁迅的肃杀，却多了哀凉后的禅意。在人鬼之间，天地之间与生死之间，筑一精神的园地，替那些已死未死的灵魂苦苦地超度。凄凉的乡村生活因了这样的笔触，拥有了一种新造的美色。但是我们细心品察就会发现，他在远离了鲁迅的地方，却与鲁迅的苦境相遇了。

《古炉》的人物众多，涉猎问题亦杂。这是一部寓言式的新作。小说对"文革"乡下的描摹，写实与魔幻相见，怪诞和实景为伍。大凡经历了那样的生活的人，读之都有呼应的地方，仿佛也是我们这个年龄人相同经验的释放，没有做作的痕迹。作者写人事之危，夹着乡情，悲情流溢不已。最纯粹的人性与最黑暗的欲望的碰撞，指示着我们民族的隐痛。狗尿苔是个善良可爱而长不大的丑孩，这个形象在过去很少看到。可以说是继阿Q、陈奂生、丙崽后又一个闪光的人物。一个可以通天地、晤鬼魂的小人物，夹缠在紧张的革命时代里。他的童贞的视角映现着现实的悖谬，而一面也有泛神精神提供的逃逸之所。在《阿Q正传》里我们看到了鲁迅的无望的喘息，《古炉》在极为惨烈中给我们带来的是黑白的对比，乡下人善良的根性使古炉村还保留着让人留念的一隅。

阿Q相在《古炉》里一再显现，是作者与鲁迅暗通的地方。狗尿苔在两个对立的造反派之间的游弋，在他是一种节日般的满足。悲剧前的喧闹，竟给孩子以快慰，作者写于此处，一定是哀凉的。派性斗争，偶像崇拜，从众心理，把乡下人的心搅乱了，小说结尾处，写到枪毙人时的场景，人血馒头的章节，岂不是鲁迅记忆的再现？一方面是看客的眼光，一方面乃李逵式的革命的表演，在霸槽这类人物那里，李自成、洪秀全的影子也未尝没有。中国社会的造反与革命，一旦在民间展开，留下的是更为惊人的荒漠。而那境况下的民众，是无法摆脱看客的宿命的。

不过，贾平凹绕过了鲁迅式的隐喻，他大概不愿意像鲁迅那样决然，心中还存有一丝幻影。鲁迅在未庄写到了人心的荒漠，小民是没有一点存活的曙色的。即便写到迎神赛会的背景，却不深谈那里的意象与人的灵魂的关系。在鲁迅看来，古老的图腾对愚弱者是无力的存在。《古炉》在情感的底色里有着精神的谶纬式的涌动，似乎喜欢对图腾的寻找。作者不惜在最血色的恐怖里，安排了乡下文明的象征者——善人。这个人物写得颇为传神，他身在乡下，对天文地理、世道人心，都有精微的道理，像古炉历史的见证者，精神透明而灿烂。善人的精神是维系古炉村精神生活的一个脉息，在其身上甚至有种佛老的意味，不妨说也有巫祝的遗风。布道、行善，诗文与医道皆通，乃古中国文化的象征。这样写他，大概心存一种梦想。那就是在乡下文化中，图腾和周易的传统不可以迷信视之，那里维系着山乡脆弱的文明。连这样的存在都消失的话，中国乡村的命运真的就万劫难复了。《古炉》写到善人对厄运的态度，写施爱之举，都揪动人心。善人临终前，说唯有狗尿苔可以救村民，其语真是庄子之声。我读到此处，觉得出贾平凹的苦心，他在其间布满了自己的期许。在最残忍的画面里，还有温润的梦想在，与巴金的《海底梦》《雾》里的温柔的憧憬颇为相似。只是前者过于文人的乌托邦气，后者则有古老道义的回响。

在贾平凹笔下，功利之徒都听不到上苍的声音。唯有那些内心宁静者才可以与神灵对语。蚕婆、狗尿苔、善人，在山水与花鸟间可以翩然游走，乃自由的存在。而被世俗欲望缠绕的人，目光里没有颜色。鲁迅笔下的乡民多是麻木者，快慰者极少。贾平凹却在内心保留了一块圣地。他在丑陋之地看流云之美，于污浊里得莲花之妙。这样的美学意念，给人以微末的希冀。作者不忍将小说变为荒凉之所，少的也自然是鲁迅的残酷。小说以怪诞和梦幻的美来对抗苦涩的记忆，也恰恰看出了作者的一个苦梦。

关于中国乡村的生态，梁漱溟、周作人、费孝通等人都有各样的描述。不过他们都还是学理式的。作家中沈从文是个例外，他以原生态的民风嘲笑都市文明，文字里是生命意志的闪动。贾平凹则是周易与巫祝式的玄想，比沈从文更为复杂和多致。他让一个怪人与花鸟草虫对话，和动物互感，万物有灵，人亦神仙。在人祸不止的革命年代，那些无用的小人物，却得以与上苍自然互往，乃乡下性灵不死的象征。这其间乃中土哲学的延伸，我们在此读到了菩萨心肠。宇宙广茫而幽复，凡人的喜乐又何关焉？在无数冤魂野鬼之间，总有明烛闪耀着，照着俗世的苍白。贾平凹不再像先前那么灰色中的宁静，而是有了神灵护法的冲动。在没有宗教的地方，呈现了他信仰的天空。善人的心在黑夜的闪动，给无望的古炉村以活的姿态。

这不能不让读者浮想联翩，好似看到了审美的另一扇门的敞开。自从蒲松龄的人狐之变大行其道，我们不太易超出他的范式。汪曾祺晚年写了系列聊斋式的笔记小说，总体不出其格。但到了贾平凹那里，一个全新的审美意象出现了。鲁迅小说的背后有一股鬼气，那大概是儒道释的怪影，不涉自然性灵。在贾平凹那里，人与鬼、与神、与草木、与鸡狗牛羊，都有心灵互感。枯燥的山野间，万物可以舞之蹈之。狗尿苔在一个灰色时代的位置，比阿 Q 多了精神的善意的幻境。这个残疾、丑陋的小孩子，不乏童心的暖色。从他和几个可爱的人物中还能够感到乡村社会隐性的美。古炉村比未庄要苍老许多，神秘的地方一点不逊于江南乡下的古风。较之未庄，少了含蓄与雅致，可是多了不是宗教的宗教，不是谣俗的谣俗。这个人造的幻影，也许是作者精神逃逸的象征。他的确不愿意单一地停留在鲁迅式的黑暗里，把一个缥缈的梦拿来，不过一种苦涩的笑，自我的安慰也是有的吧。

应该说，这是作者对乡土文明丧失的一种诗意的拯救。鲁迅当年靠自己的呐喊独自歌咏，以生命的灿烂之躯对着荒凉，他自己就是一片绿洲。贾平凹不是斗士，他的绿洲是在自己与他者的对话里共同完成的。鲁迅在抉心自食里完成自我，贾平凹只有回到故土的神怪的世界才伸展出自由。《古炉》还原了乡下革命的荒诞性，但念念不忘的是对失去的灵魂的善意的寻找。近百年来，中国最缺失的是心性之学的训练，那些自塑己心的道德操守统统丧失了。马一浮当年就深感心性失落的可怖，强调内省的温情的训练。但流行的思潮后来与游民的破坏汇为潮流，中国的乡村便不复有田园与牧歌了。革命是百年间的一个主题，其势滚滚而来，不可阻挡，那自然有历史的必然。但革命后的乡村确不及先前有人性的温存，则无论如何是件可哀的事。后来的"文革"流于残酷的人性摧毁，是鲁迅也未尝料到的。《古炉》的杰出之处，乃写出了乡村文化的式微，革命如何荡涤了人性的绿地。在一个荒芜之所，贾平凹靠着自己生命的温度，暖化了记忆的寒夜。

从未庄到古炉村，仅半个世纪。我们从中得到的启示岂能以文字记之？阿Q的子孙，代代相传，有时还快活地存活在我们的世间。贾平凹无意去走鲁迅的路，他们气质与学问都各自不同，情怀亦存差异。可是我们读他们的书，总有一种联想，似乎大家还在阿Q的路上。一面自欺，一面欺人，有时不免残存着"寇盗式的破坏"和"奴才式的破坏"。倘若我们还不摆脱这样的窘况，那连先前的未庄、古炉村也不易找到了。

二〇一一年三月二十二日

# 布衣孙犁

我曾做了十年副刊编辑，那时候要安排版面，偶尔写些短文补白。初到报社时，不会写报刊小品，便找来旧报人的小书作为参考。我与孙犁作品的相逢，就在这个时期。阅之如沐晨晖，周身明快。孙犁的文章好，主要原因是没有居高临下的态度，乃凡人的歌吟，与我们距离很近。文章无定格，而他的随意而谈的文体，对我而言，真的是写作的入门向导。

几十年间，陆陆续续读了他众多的书，每每面对，都有收益，可反复吟咏，不觉倦意。这样的作家在中国不多，但他也非轰轰烈烈的人物，一般亲近热闹的人不会注意到他。喜欢孙犁的人，大概也有从热闹中逃遁的寂寞。与之默谈，仿佛可以听到天语，才知道我们在凡俗里早被污染了。

孙犁太平凡，关于他的传记，也没有多少轰动的旧事。一个作家，如果文本诱人，总会吸引人去了解那些背后的本事。孙犁平常的样子的背后，该有谜一样的存在吧。可是关于他日常的起居，我们知之甚少，研究起来总有些障碍。前几年听友人说，孙犁的女儿孙晓玲写了些怀念父亲的文章，惜未能寓目。直到近日结集出版，名曰《布衣：我的父亲孙犁》，据说看过的读者有许多惊喜。日前也觅得此书，颇为兴奋。长夏无事，取而读之，似乎嗅到了泥土气。孙晓玲的文章毫不巧饰，笔下流动的都是凡人琐事，不是以研究者的视角为文，乃亲情的记录，一个个故事娓娓道来，鲜为人知的片段连缀在一起，成了孙犁生命的另个注本。好像打开了孙犁的书房，让我们有了与其默谈的机会。

我个人的观点是，孙犁的好处，乃没有中国的读书人常见的毛病。其一是不酸腐，未见自作聪明的老朽气。我们读明清以来的文人诗文集，便觉得好的清秀之文真的不多，那是酸腐气过浓的缘故；其二是不自恋，没有被那点利己的私欲所罩，心胸是开阔而远大的；其三是不狭隘，总能在平凡的日子发现广阔的生活境界，活得真实而有诗意。孙晓玲的书，无意中解释了这些，我们也知道了其父的低调和布衣品格是多么神奇。比如，他本来有很老的革命资格，却甘于平凡，不改军人的本分。他在世界上的选择，总要和世风相反，不去涉猎流行的东西，忠实于自己的感受，不做自己做不到的事情。读者普遍的印象是，战争年代，他在恶劣的环境里却写了人性的美，去残酷甚远；和平时期，则没有到荣誉的世界去，却隐居在津门小屋，甘于寂寞，默默劳作，所写之文多忧患之风，仿佛胜利的宴席与自己没有关系，野店村屋边的清白水才有妙处。

他晚年写下的文字，炉火纯青，没有一丝躁气，那是沉潜在精神荒原的地火，在夜的世界发出的微光，照着流俗的灰暗。我在他的作品里读出对人性恶的抵触，那些抨击时弊的文章，犹如滴水穿石，柔软的力量后是刚烈的品格。他说自己不再喜欢大的场面，厌倦凑凑热闹，把心沉到历史里，将现实的感触都融到对旧物的思考里，就有些暮鼓晨钟般的苍老了。

孙晓玲记叙父亲的文章，有许多地方让我感动。她对孙犁平常之心的把握真的神哉妙哉。比如，他对乡下人的关爱，对青年作家的无私扶持，对妻子的感情，都闪着暖意。笔触有情，却不渲染；资料翔实，但力戒做作。在繁华的都市，孙犁不羡慕显赫之所，甘于那些清贫而带泥土气的生活的形象，清晰可感。作者不觉得自己是名人之后，也是以布衣心态来写布衣孙犁的。

自从曹丕说"文章经国之大业，不朽之盛事"后，舞文弄墨者便把翰墨之乐与己身荣辱相并，与骚赋本意甚远了。孙犁阅史万卷，读人无数，则兴衰具识，甘苦悉知。他是很少的回到文人本色的人，才保持了中国真的文章之道的纯粹性。如今靠文耀世，博得虚名者多多，却不得文章真谛，则去清醇之诗辽远，不过是过眼烟云，转瞬即逝。在红尘滚滚的文坛，要遇到孙犁这样让人心静、内省、葆有真气的文人，真的不易。前人说，真人不易耀世，今人不复识其法矣。想想此话，是对的。我们对孙犁的美，能学到多少呢?

二〇一一年十月一日

## 重返通灵之所

　　我最初看到一个外国剧团演出的《安提戈涅》，曾经感慨于古希腊人对于命运理解的神秘，对比我们的古代戏剧，仿佛多了一种外在于生命的声音。不知道这是精英文化的体认，还是民间文化的遗存的聚焦，总之，与我们中国人的天命和人运之思比，强度似乎更大些。中国的戏剧对于类似的主题的揭示，也是有的，年轻时看过吕剧《双玉禅》，演的也是命运悲剧，一个男孩娶了大二十几岁的女子，女子含辛茹苦把小丈夫养大，男孩子却爱上了别人。这大概是民间的一种宿命意识，很原始，也很有深意。后来看曹禺的《雷雨》与《原野》，也凸显出冥冥中神秘的存在，似乎也在呼应先前的悲剧意识。曹禺的写作是精英文人的文本，乃知识人的猜想在作品中的折射，较之于民间对于命运问题的表述，还是过于文雅了。有时想起民间对于不可测的存在的顿悟，觉得那野性的气韵，虽然被新文学作家借用过，但也大多被改造了。

　　我一直觉得近百年来的故事新编，是多少受到民俗学家的影响的，只要看许多作家与江绍原、钟敬文、乌丙安等人的互动，当能感到新意象如何的生成。三十多年前，曾听钟敬文先生聊天，不能忘的是他的语言的力量感。他的学问特点，与作家身份大有关系。或者说，那学问也给他的诗文带来了弹性。民俗研究，涉及许多民间审美的侧面，稍加内视，被掩藏的东西也会悠然而至。也可以说，有民俗趣味的作家，是懂得人间本色的。

我曾经与江绍原的女儿江小蕙是同事，她给博物馆捐赠了不少父亲的文物，其中关于民俗讨论的手稿和信札，都曾深深吸引过我。江绍原与京派学人一起关心过民间信仰的问题，他的《发须爪》等书，都有开启性的意义。在经学之外的民间社会，有一片开阔之地，其中隐含着被主流文化漠视的遗存。江氏意识到打捞那个世界的碎片，对于文化研究的价值，故做了同代人不能做的工作。不过江氏的辐射力一直有限，倒是像后来的费孝通等人产生了更大的影响力，那大概是因为用了田野调查的方法，且介入了当下生活，人类学的眼光更深切一些。费氏本身也有诗人气质，他在乡土调查中，得益于古文的修养。那么多读书人喜欢他的文字，也说明了雅俗间的互渗推动了学识的增长。

民歌、谣曲、谶语与风水观念，都是在一种非逻辑的表述里完成的。有时也不乏神话思维。施爱东有一本书叫《故事的无稽法则：关于命运的歌谣与传说》，就在破译民间传说背后的玄机，思考人们对于命运的认知心理。民俗学与社会学不是没有自己的路径，在不规则的、荒诞的故事与传说中，照样能够发现内在的规律。这很有意思，联想起费孝通对于云南少数民族信仰与习俗的调查，也在不可思议的形迹里，悟出内在隐含的。

施爱东也做田野调查，同时注意野史与地方文献的搜集，结合艺术史中的特例，将许多飘散在不同地域的谣曲与故事背后的元素写出，在谜一般的流水与烟云间，忽地显出另一种底色。

我这个年龄的人，幼时多少都听过一些传说的，民间的禁忌、风气，对于自己的人格心理多少有一点影响。施爱东的书让我想起不少熟悉的故事，婚丧嫁娶与里巷歌谣，暗示着我们该做什么，不做什么。这些似乎是祖训的一部分，也是天老爷的戒条，它们都在朦胧、神奇的审美叙述中被一次次提及，以至于成了无形的道德律。过去的许多艺术作品，都是从大众传说的故事演绎过来的，人们对于《天仙配》《白蛇传》的喜爱，其实是满足了一种心理需求，说有寄托的东西在，也未尝不对。

一般说来，民间传说有百姓的善恶之观的隐曲的表达，那价值尺度，也渗入到人物特征与情节中。比如，绍兴民间对于鬼的故事的演绎，就有百姓对于腐儒的态度，俗音胜雅曲，原也是人间之道。南北方都有各种关于爱情与婚姻故事的流传，无论是月下老还是老虎变美女，日常光景下的百姓内心爱憎，以诗意的方式呈现着。最为动人的是那些人情意味的传说，我的故乡不远的地方有一座望儿山，民间传说是母亲登高远望大海，期盼过去科举考试的儿子平安归来。这个传说在辽南深入人心，母子之情历历可感。古代的辽南人要渡海去赶考，却苦路长，常有考生一去不返，酿成悲剧。命运的无常与爱意的绵长，就这样交织成一曲哀歌。

施爱东的研究涉猎面很广，除了对于民间艺术文本的解析外，还注意到颂神与造神的传说，命理与地理的传说和天灾人祸的传说。大量文献来自民间文本和文人笔记，以及流传的戏曲，由此能够看到士大夫文化之外的东西。百姓口头的历史旧事，有时候是张冠李戴，与史实略有相悖，但细细查看，那不过一种典型化的集合或者祈愿的变形化的表达，乃对于无情环境的一种对抗也说不定。比如，流传在江南的沈万三的故事，时间与地点都与原始史实有所不同，从传说学角度看，无疑是民间伦理的一种演绎。施爱东在大量资料的还原后发现，"故事只不过是明清之际的老百姓用来编排朱元璋流氓本性的一种口头传说"。那些非逻辑化的叙述逻辑，一旦被今人理性的眼光所拆解，就会发现，看似附会的故事框架，乃山野之人的精神史创造性的书写。

在民间流传久远的还有风水等话题，这些带着神秘元素的民间表达，国内外的学者都有兴趣，因为牵扯出中国哲学的另一面。施爱东认为，"风水不是科学""风水是乡村社会的空间民俗"。深入这个话题就会发现，面对这个非科学性的话题，一一否定大概是不行的，但在明了其间的真意后才会发现，自古以来，一种非主流但深入人心的另类思想，是支撑社会运转的内力之一。我由此想到，非洲部落与印度某些族群的谶纬式的声音，与我们的风水语义的旋律未必不同，有的地方甚至惊人地相似。有一年，我与谢冕等人去缅甸，在山林深处见到不少女子脖子上套着层层铜圈，以致行动困难，觉得是对于人的苦刑。但一个老年女子一直微笑看着我们，内心显得极为宁静。这些遗风在我们国内已经难以见到，移风易俗运动早就驱除了这些。但有时候想，东南亚百姓对于不可知的命运的面对，是以反常规的方式为之的，非逻辑的灵异之思，我们未必懂得。许多民间艺术的起源是否与此有关，也未可知。

我在辽南一个县文化馆工作的时候，曾经搞过当地民间传说的整理。辽南的历史从战国时期就有了，出土的文物也十分可观，但具有"价值理性"的文字留下的很少，许多故事都在"工具理性"的层面。无非是因果报应、神仙下凡之类的豆棚闲话。我自己对于这些遗存曾兴趣不大，但后来看到莫言、贾平凹小说对于山林之趣的描述，以及从鬼怪故事中提炼的母题，便感到那些被我们看不上的俚曲，包含着不少的人间滋味，关键在如何理解和借用那主流之外的遗存，它们也是审美与思想的参照。在没有宗教的国度，艺术创作有时候仰仗着蛮风里的变调，那些在山野之地的传说与图腾般的谶语，都会让我们的聪明的作家的情感飞将起来。

莫言与贾平凹给我的惊异之余，也刺激了我思考文学与民间传说之间的关系，好像突然明白乡土文学发生的内在动机。五四新文化运动出现不久，一些学者就开始把注意力转向世俗文化之中。那原因之一，是阳春白雪的世界与市井、山林之气的隔膜，仅仅从纯净的审美中，无法抵达人间的本真之地。而那时候的写作者是主张国民性的改造和社会的改造的，国民性与社会性，则不能不涉及民间性。我们看许多学者对于地方民谣、俗曲、传说的趣味，以及整理这些材料时的心得，便觉得是丰富了新文化建设的理念的。抗战时期，闻一多为《西南采风录》写序时，礼赞了民谣里的"野蛮"与"原始"意味，背后隐含着向非士大夫化的遗存的敬意。那时候一些乡土小说的本意，也是借助对于都市之外的地方经验，写人性的深层基因。在民俗中，既有皇权意识的投影，也有对于高高在上的思想的抵抗。摄取这些资源，催促了许多有趣作品的诞生。这个过程有对于隐秘的发现，也有对于自我的发现。沈从文、萧红、端木蕻良等人书写中的田野的风，对读者来说都是清醒之剂。这个话题说起来，就很长了。

不过，如果我们把目光投向少数民族的民间传说和史诗时，会感到在气质上是另一个样子，可深思的地方殊多。我虽接触得有限，但几部作品都给我另一种感受，印象里是比汉族的一些歌谣，要多一些灵异之气。比如，《阿诗玛》《格萨尔王传》《江格尔》，还有那些碎片般的故事传说，对读者而言，都有意义。像蒙古史诗《江格尔》，想象力就异于汉人，时空观念完全不同了。那里的情态就多了"价值理性"的元素，感到想象的奇异。近读刘亮程的《本巴》（译林出版社二〇二二年版），发现不同于一般的汉人意象数量不少，思想的通透和格局的阔大，散出远古之梦中美丽的光泽。

刘亮程的小说借用了蒙古史诗玄妙的元素，写了不愿意长大的少年英雄，能预知未来凶吉的谋士、魔鬼、说梦者等。作品有许多警世的地方，以撕裂的方式，逆向地看着世界。全书一些警句甚好，全没有儒生的调子，读后印象深深。比如，"你们从来没有站在局外看看自己的生活，所以，从来不怀疑这样的生活到底是什么""人未出生前，是在一个无尽的自己一出生便会遗忘的梦里""在无尽的睡中，人去别人的梦里续命，把别人的生活做成自己的梦""我在梦里时，醒是随时回来的家乡。而在醒来时，梦是遥远模糊的故乡。我们在无尽的睡着醒来里，都在回乡"……

《本巴》的时间是扭曲与折叠的，带着巫气和旷远的浪漫，其灿烂的意象来自《江格尔》的启示，那里有着几许神话思维，几许巫气，还带着无边无际的空寂。这些古老的传说意味着生死场域里的风水轮转，作家由此获得审美的升华和理解人生的内在动力。这些传说也属于无稽的涂饰，但引诱我们的作者进入深思的王国，关键在于，它远离了我们熟悉的天地，在膨胀的空间和萎缩的时间里，世界的图示改变了，于荒诞之间看到本然，才是作家的收获。作者坦言：

> 我被《江格尔》触动，是"人人活在二十五岁青春"这句诗。在那个说什么就是什么的史诗年代，人的世界有什么没有什么，都取决于想象和说出。想象和说出是一种绝对的能力和权力。江格尔带领部落人长大到二十五岁，他们决定在这个青春年华永驻。停在二十五岁，是江格尔想到并带领部落实施的一项策略，他的对手莽古斯没有想到这一层，所以他们会衰老。人一旦会衰老，就凭空多出一个致命的敌人：时间。江格尔的父亲乌仲汗是被衰老打败的，江格尔不想步其后尘。（刘亮程：《本巴》，页三六〇，译林出版社二〇二二年版）

这就具有精神的飘逸感和形而上的意味了。小说已经不再停留在社会学的层面思考问题，而是获得一种对于时间凝视的哲学式的冲动。这里属于儒家伦常之外的遗产，有着对于命运的动态的感受，和坚韧的突围意识。前些年，阿来的《尘埃落定》、迟子建的《额尔古纳河右岸》都是借助少数民族的审美元素，带出另一番人间图景，那原因很多，其中之一，当是脱离了功利主义的束缚，飞到了我们常人飞不到的地方。而汉语的表达，也因之得以进入陌生化的途中。

域外的学者和作家，有许多是从古老的传说和神话中获取写作灵感的，看看他们的写作，也有不少提示性的参照。裴多菲的《勇敢的约翰》，小泉八云的《怪谈》，加缪的《西西弗神话》，卡尔维诺的《意大利童话》，都俘虏过读者。我自己对于卡尔维诺的创作更为喜欢。意大利有位作家卢卡·巴拉内利·埃内斯托·费里罗，写过一本书《生活在树上：卡尔维诺传》（毕艳红译，译林出版社二〇二三年版），书中披露，卡尔维诺在经历了"塞纳河的润泽"后，他"在人类学和神话学方面获得了帕韦塞的助力，并饶有兴趣地关注着科学史家乔治·德·桑蒂拉纳"。这些刺激了写作的趣味，卡尔维诺自己说，在内陆自己发现了隐秘的村庄，"'扁舟节'的仪式、歌曲及其传说融合了诸多异教和中世纪的古老文化：植物的春日节、年轻人的成人礼、从父权部落到外婚制过渡的神话、反封建的公民代表制、农民团体的史诗……"古老传说的神异的部分一旦被赋予了现代性的隐喻，精神意象就丰富起来了。在《树上的男爵》《意大利童话》中都能够看到古老的寓言之影，而他又于此打出一眼眼深井，自称于童话和最古老的小说形式之间得到启示，那么走下去的路径也与此有关吧。我阅读他的小说，惊奇于作者对于古老传说的现代感的重述的能力，在变形的和高妙的情思中，将不可思议的诡异变为真实的现实画面，那些分裂的、幻觉和反逻辑的片段，都栩栩如生地成为可信的存在，而且在这个存在里，我们被吞没的影子被重新召唤出来了。在谈到以往的写作时，卡尔维诺说：

　　《分成两半的子爵》中存在着分裂，也许我的所有作品中都存在分裂。分裂的意识引起和谐的欲望。但是偶然事物中的每个和谐的幻想都具有欺骗性，因此需要在另外的层面上去寻找，所以我就到了宇宙层面。但是这个宇宙并不存在，即使对科学来说也是不存在的，它只是一个超个人意识的境遇，在那里超越了人类本位主义思想的所有沙文主义，也许达到了一个非拟人化的视角。在这升空过程中我从没有恐慌自满，也没有沉思冥想，更多的是对于宇宙的责任感。我们是以亚原子或前星系为比例的链条上的一环，我坚信，承前启后是我们行动和思想的责任。我希望，能从我那呈碎片化的作品组合中感受到这一点。（伊塔诺·卡尔维诺：《我生活于美洲》，毕艳红译，页二七三，译林出版社二〇二二年版）

王小波在讨论小说中的思想与审美隐喻时，就夸赞过这位不同寻常的作家，以为是通灵之人。作者身上的学者气质，也是显而易见的。这个时候便会感到，同样是面对旧的遗产，学者要找出的是潜于文本的内在逻辑，那或许是凝固在一个模式里的存在，而作家则继续着旧绪里的遗存，将其作为反流行审美的推动力，因为只有在无稽之谈里，潜在的、不可言说的话语才会成为话语的一部分。说出的荒诞才告诉我们荒诞不再是荒诞。像钟敬文、乌丙安、施爱东这样的民俗学家在研究古老的传说时，能够以理解之同情的方式，描出诡异之处的寻常诱因，那是提炼智慧的一种方式，而莫言、贾平凹、阿来、刘亮程等小说家则不仅仅是同情，而是延续了那些文不雅驯的民间野气，重新回到那里开启自己的漫游之旅。民间基因乃精神滋长的酵母，无论对于作家还是学者，都是一样的。

二〇二三年十二月十九日

# 高地上

西藏的神秘牵连着诗的幻境外，大约还有哲学的因素。我因为没有去过那里，始终被其间诗意的画面所吸引。关于西藏的诗歌和小说，凡寓目的都挺有意思。那是异于中原文明的存在，对照起来有诸多刺激，仿佛我们身上的单调与无趣也被衬托出来，有着一些对比的冲击。中国如果没有西藏，汉文明的瑕疵也许真的要被遮掩在什么地方的。那些涉足于此的汉族作家，也许都这样认为吧。

许多写西藏生活的作品，身上都有着梦幻的气息。马原、巴荒、马丽华都是。我对艺术家的西藏的经验一直有好奇心，陈丹青、扎西达娃的出色作品都和那里的生命体验有关。西藏是产生灵感的地方，不独艺术，哲学上的神启亦有。去年，宁肯告诉我，他在写一本关于西藏的作品。直到近日才读到这本叫《天·藏》的书。它引起了我的好奇，觉得是部诗化哲学的著作，写出了生命的隐秘和悠远无限的哀凉。在诸多西藏话题的小说里，本书的玄学意味大概是最强的。

宁肯的文字很美，他笔下的西藏和人性的神性的存在，如阳光般穿越在精神的洞穴里，在时空里盘旋不已。小说在感性的维度里有对未知的精神王国的追问和诘难，诡异无端的与神圣庄严的思绪都有，给人辽远苍凉的感觉。写西藏的存在能穿越神学而拥有另类的哲思，要花费大的心血，自然也需要种种智慧。记得阿来的《尘埃落定》，就恍兮惚兮，有深远的情思在。这样的书，是以生命书写之，靠小聪明是不行的。

我知道宁肯是去过西藏的，且有很强烈的西藏情结。西藏的生活在他那里沉淀了许久，渐渐地已成了他生命的一部分。他不太满足于对异域风情的打量，仅仅在佛学的层面来思考西藏，在他看来有一些问题，于是现代哲学的命题在他那里开始出没。小说设计的人物，其实是一种哲学的对话。死亡、永恒、无序、虚无等都在此搅动着。在中国，西藏大概是离玄学最近的领地，所有的存在都在神秘里闪烁。宁肯放弃了对故事的演绎，小说完全是精神的对白。高行健的《灵山》也有类似的意味，只是风俗里的哲学要多于《天·藏》。这样的小说在中国一向不多，那是要有思想上的准备和审美的突围方可。精神的存在是没有定律的，任何一种可能都会有的。只要穿过盲点，大概就可以进入开阔的高地。在《天·藏》里，扑朔迷离的精神之影在缠绕着思想者的困境。作者借着主人公不断和悖谬纠缠着，那些超常的精神碎片便接踵而来，一个个向纵深的领域挺进。这是诗与宗教间的穿梭，困惑与自信都盘旋在此。在小说里表现哲学，要么是自然流淌的，要么是刻意的。内地作品多靠志怪、录异为之，思想多趴在地下。但西藏是可以使精神起飞的地方，在那里瞭望无限，给人的多是一种久久的感动。

宁肯说他在西藏找到了人类最初的东西，那些质朴、无伪、直面苍天的对白，是精神的原色，而人类已经把这些忘掉了。我们的作家有时候喜欢在远离本色的世俗里醉心着，那其实看到的是支流的存在。宁肯大约觉得，这样的存在没有价值，至于内心的敞开，向着初始的原态呈现，才有可能谛听到上苍的声音。

《天·藏》的整体意蕴都在朦胧的臆想里。作者用了许多隐喻、暗示和猜想。小说故意安排了外国的学者与中国人对话。精神的顿悟和身体的体验纠葛在有限和无限的谜语里。宁肯不愿意孤立地谈论西藏，他把现代哲学和中土的历史融到对西藏的描述里。只有在汉文明和西洋现代哲学的多样打量里，西藏的存在可能更清楚。在主人公王摩诘和维格那里，现代社会的矛盾与憧憬都有。有意思的是，作者不甘心于沉思里的迷惑，却在维格的最终选择里，把博物馆的存在与人的事业，变成精神永恒的象征。宁肯不是精神黑洞的旋转者，他把思想停留在无限的象征性里。小说真的是始于怀疑，而终于信仰。这个结局，人们可能各有不同理解，甚至会觉得有些牵强。在宁肯看来，找到一个象征性的归宿，也许正是思想者的快慰。

西藏的故事难以穷尽，那里的存在我们知道得有限。世界各地都在解读她，因为人的色彩各异，读别人，也是读我们自己。原来生活还可以如此开始，在那个伟岸的存在与雪光下的独语里，我们才恍然觉得，大家离精神的高地，已经很久了。

二〇一〇年八月七日

# 谈《尔雅台答问》

一九三九年，马一浮先生到四川乐山的复性书院主持学术之事，遂有《尔雅台答问》（江苏教育出版社二〇〇五年版）一书行世。因书院所在地为乌尤山，"方志以为汉犍为舍人注《尔雅》处，故以此名之"。我在多年前读《马一浮集》，最喜欢的是他的这一部分内容，有心性本然的美在，儒家学说动人的部分在此款款而来，可以说悟道深深。了解国学的治学方法，此处的启发不可小视。

马一浮与鲁迅同乡，后来的道路完全不同。我对他的兴趣，源于与鲁迅的比较，是要看看何以路径不一，心想，也许提供了诸种可能性也说不定。了解域外文化的他，没有加入新文化运动，而是回到故里，且深浸其间，自有其道理。鲁迅往前走，在没有路的地方探路，搞的是新文学。马一浮向后看，将被践踏的路找出来，进入古人的思想里。都是不易的选择。

细说起来，马一浮的学识，和鲁迅、胡适等人颇为相反，他曾批评过章太炎、胡适的学术观点，以为是沿着"六经皆史"的思路前滑，便把儒家的心性之学遗漏了。鲁迅等人对孔子的看法，他可能也心存异议，这从一些言论里可知一二。这些不同，在学术史上都有可琢磨之处，是很重要的现代资源。对这样的差异，不可简单言之。

《尔雅台答问》多是对学生、友人问学的对答，以尺牍的形式谈论学术，言简意赅，也随意得很。但真知灼见常常流溢于此，阅之如沐春风，清爽的感觉自不必言。先生讲的为学之道和为人之道，是日渐边缘的思路，不被新文学家所解。看法有陈旧的地方不可免，但就心性的问题而言，他讲得很深，为五四以来的文人所稀有。这也是我喜欢此书的原因。

儒学到了晚清，被西学冲击，腐儒陈词滥调，难与新学抗拒，不免狼藉于途。但马一浮是了解西学的，他的海外工作经历，使其深感传统的危机，欲振之于衰微之际，实在也是不小的抱负。进化论入中国，一切都顺势应变，此不可抗拒的潮流。但马一浮看到了人世间存在着"常"与"变"的问题。在"变"中，能否有"常"，即不失固有之血脉。此亦大难之事。《尔雅台答问》，便有他的梦想和信念在。

这本问答录，涉及的思想很多。文学的、佛学的、儒学的，参差不一。所言《易》《诗》，都有慧识，如灯耀目，悄然会心处多多。比如讲"摄生之道"，便说："莫要于心不散乱""盖心不散乱，则精神自然凝聚"。（示王星贤）言及鬼神之事则云："三界唯心，万法为识。凡世间所谓鬼神，皆识所变现，非是实有"（答吴敬生）。从先生的只言片语看，他注重心悟，自省，不乱方寸。在认识论上，去一切虚妄，以独思内省为乐。他在一封信中说：

不可著一毫成见，虚心涵泳，先将文义理会明白，着实真下一番涵养功夫，识得自己心性义理端的，然后不被此等杂学惑乱，方可得其条理。且莫轻下批评，妄生舍取，始有讨论处。另有一法，则研究佛乘。将心意识、诸法名相认识清晰，然后知一切知解只是妄心计度，须令铲除净尽。（答许君）

马一浮的看法，不是一般儒家的理念的外化，佛学的因素在此渗透着。佛学与儒学交融，在认识论上，便有深切的因素在。汉代以后，这是有传统的。我在他的文字里，看到了现代文人的一种抵抗，那就是在乱象之间，保持心性的宁静和自然，不被妄念所扰。现代思潮各式各样，也各有特点。但是马一浮以为，让国人保持爱意，有敬畏之心，也殊为重要。他的学生想以西学的理念研究儒学，被其所止，认为应找到古人的真义后才可为之，不可轻易下笔。这些属于学理层面的话题，现在人们的看法也不太一致。可是马一浮的思路，乃坚守固有的认知范畴，或者说是从东方人的视角考虑东方的问题，也未尝不是一种研究路径。

晚清以来的学人，治学的方法大变。有往外寻路的，胡适、陈独秀这样；有向后走的，熊十力、马一浮如此。还有的杂取种种，得东西文化之妙意而用之，如鲁迅的拿来主义便是。读马一浮的书，觉得有清纯之气，是固有思想的闪光，在乱世中散出丝丝暖意。我总是想，了解现代思想与艺术，不可偏食。翻翻鲁迅的书，亦应读读马一浮。对读的时候，有时可以发现问题，让我们思之又思。不仅可见彼此的抵牾，互渗互补也是有的吧。

二〇一二年十一月八日

# 真儒之风

　　五四前后的新文人，有许多是很好的学者。他们的人生经验和创作经验，使其眼光总有奇异的地方，得出的文化结论往往与前人颇相反对。比如，钱玄同平日谈天，对野史很感兴趣，认为不得志的文人的杂著，似乎比那些正襟危坐的大儒的书更为有趣。他周围的朋友鲁迅、知堂也是这样，喜好搜寻民间流散的文集，他们觉得乡贤的存在可能有文化中本真的价值，与钱氏的思路几乎一致的。

　　我有时候看到古人的杂著，就想起钱玄同的话，对那些文本总有种好奇心，那里可感叹的存在，比先前人们说的诸子之文不差。

　　这让我想起历代儒生的不同语境。儒者的名字，近年来似乎有些变化，而名目却多样了。留意一下明清以来的读书人的趣味，发现与今人所理解的儒者，有很大的差别。文化史里记载的那些硕儒，都有点威严，高高的样子，我们不易和他们亲近。倒是那些乡间的布衣儒，给我们另类的印象。可惜这样的文献不多，也就无从感受什么了。

我注意到近年来各地注重乡贤的文献资料的寻找，乡邦文献的出版也渐渐多了。有一日，忽读到友人送来的明清之际的申涵光的遗著《聪山诗文集》（河北人民出版社二〇一一年版），读之甚为惊异，觉得是晚明奇异的作品，有乡野布衣的气息，诸多文化理趣深藏于此，真的颇有意思的。

古之诗人，隐于山林者多多，多是布衣儒，没有江湖里的黑白之道，倒显得比台阁间文人更有意味。这位申涵光，文学史似乎不太谈他，知之者不多。关于他的身世，徐世昌《大清畿辅先哲传》说明亡之后，他拒不入世，"归里，事亲课弟，足迹绝城市"。而魏裔介《兼济堂文集》（中华书局二〇〇七年版）云：

性不喜释老，解琴理，鼎彝书画，寓意而无所留意也。交友不滥，生平同声气者，不过数人。

这大致能够看出他的特点，经历平平，亦非闻人。但他的文字真好，虽为儒者，却无儒生腔；心是静而纯的。天下事功儒多不能过名利关，渔利之徒何其之多。而申涵光则心性无伪，多奇音于诗文之中，阅之有奇思漫来，是本色的闪动。明亡之后，心存旧绪，有杜甫之风的人多退居山林，不与流俗为伍了。他们一面有肃杀之风，一面杂以陶潜志向，两种士风漫卷，缠绵后不乏豪气。他自云："醉向沙园卧短草，富贵何者空浮名。"他的诗，沉郁中带着温和的寓意，毫不做作，可见其为人之磊落。他喜读朗然刚毅之文。《逸休居诗引》短短数语，其审美之趣与人生之味尽在文中：

癸卯初夏，予有晋阳之役。过百乡，辨若遗我诗一帙，未及读也。已而登太行绝顶，天风四至，清云激湍，怪鸟窥人，松华覆地，飘飘然作遗世想。恨无与偕游者赏其奇旷，乃急取辨若诗读之。雄广之气，与之相敌，不啻吾两人牵藤共坐，蹑屦同游也。（申涵光：《聪山诗文集》，页二五—二六，河北人民出版社二〇一一年版）

唯有宽阔胸怀者，才有这类的文字，分明有六朝之韵，融于天地之间的淳朴之气，于此历历在目矣。这样的文章，都不是逢迎之作，乃内心集叠后的喷发，朗朗然回旋于天地之间，给我们以神游的快感，人格之美也渗透其中。我们比较一下他和阮籍、嵇康的文字，是不相上下的。而历来的史家，很少记述这些。或许是思想有叛骨，或许隐秘过深。在主流文人那里，他的声音是微弱的。

申涵光欣赏浩然之气者，对忧愤之文亦有倾心。但文字又温柔常现，敦厚的样子一看即知。他的审美理念与一般狂士稍有不同，孤子之士"清厉而不伤于格"。此一看法，大约还是过于恪守儒道之故。忧世而不失彬彬之态，还是过于老实。人们那时候喜谈顾炎武、傅山，而鲜及于他，与此或许有些关系。古代这样的文人很多，可以说儒家大传统中的小传统。这个话题要深谈，可以找出许多精神的色调。儒家的分化与流变，使文人的特点也是多样化的。

天下的纯儒，或许都有此特点，即自我节制，所谓不逾矩者正是。申涵光对行为的选择是控制的，恪守士大夫的底线。他的言论有很强的道德意味。比如，对富人耗材养艺人之举，多有微词。那些处事时恶语相讥者，也被其所厌。他一再批评妄人，以为是一种畸形的存在。这些言论背后的根本点，是对虚妄文化的鞭笞，在他看来，伪人的出现越多，文化越不幸。我十分喜欢他那些讽世的文字，都干净、淳朴，亦有峻急之美。他刺世，单刀直入，心性的坦然一看即明。他内省己身，有苦行者之态，儒家的教义在他那里有点宗教化了。这里有他的迂腐，可是那种不畏陋俗、周身朗照的样子，翻看那些闪着性灵的文字，真的让人心动。

明清之际的士，陷于污浊者，都不能自已，乃恶俗的俘虏无疑。查相关资料，知道申涵光与顾炎武、傅山、陈子龙都有深交，内心是有道德操守在的。申涵光向来崇尚气节，对傅山等人有深深的敬意。他自己隐退山林，非安于"静"，而是保持内心对纯粹精神的"敬"。这是他的夫子之道。在他看来，顾炎武、傅山都有点"敬"的传统。今人刘梦溪曾著文说，"敬"是中国文化的基本精神，真是悟道之言。申氏周围有一批远离荣利之场的人，在为友人殷宗山诗集作序时，他说："宗山出处似靖节，壮岁弃官，结茅寒谷，所与往来，皆山樵野店及沈明一二子。"他第一次与之相见，就觉得"虬髯如戟，真气动人"。人之尤妄念之态，自能敦穆淡永，他读书与读人之中，对此体味很深。而其文之好，我们除了佩服，也只能佩服。

中国的读书人一般不能处理好言行之间的关系。在审美上，刚柔亦难相兼。而申涵光既有雄浑高远气象，又有温柔敦厚之态，进退间不失爱人爱世的"敬"意，真乃中国士的奇观。我读他的诗文，方觉得古人身上的品格，今人已不易见到。在红尘扰世的年代，独能守住纯真，飘洒有仙人状，那是精神烛光的辐射，后人敬之而不能似之，只能是承认我们的儒风有时已经不那么纯厚了。

　　读散佚的野史杂著，才知道我们历史上伟岸之人，多未被后来的人所关注。或偶有记载，也支离破碎，不得见其全貌。鲁迅当年辑校古籍，对风俗、人物的遗绪的打捞，也是有捕捉遗失的文明的梦想吧？中国这样淹没的先贤的著述还有多少，真的不太知道。我读这样的书，对那些苦苦收集古代异类思想家的劳作，真的感激。与这样的古人神会，可以悟道，可以内省，我们的眼光庶几不会昏暗起来。

　　　　　　　　　　　　　二〇一一年九月十二日

# 新旧之间

　　我们这代人于学问的路很远，书读得有限。想起自己的读书生活，空白点多多，至今还是浅薄得很。比如近代史吧，很晚才知道一点真实的遗存。"文革"期间只晓得一点革命史，非革命的文化著述几乎都被烧掉了。二十世纪七十年代初，因为偶然的机会读到《胡适文存》残书，显得神秘，那是在一个同学家里，并被告知不得外露。那年代胡适的书是被禁的，在我来说，初次的接触也有偷窥的忐忑。但那一次阅读，改变了我对五四文化人的印象，看到那么多整理国故的文章，才知道新文化运动的先驱，乃深味国学的一族。后来接触鲁迅、陈独秀、周作人的著作，吸引我的，不都是白话文的篇什，还有古诗文里的奇气，及他们深染在周秦汉唐间的古风。足迹一半在过去，一半在现代，遂有了历史的一道奇观。奇怪的是，我们在二十世纪五十年代后，不太容易见到这样的文人和作家，一切仿佛都消失了。亲近那些远去的人物，没有旧学的根底，大概是不行的。

　　而不幸，我们这代人，缺乏的就是这样的根底。我意识到知识结构存有残缺的时候，是二十世纪八十年代。那时候阅读汪曾祺的作品，才知道其文字何以具有魅力的原因。因为他把失去的旧绪召唤到自己的文本里了。那些对我们来说，已经十分陌生了。我所经历的教育理念是，传统乃封建余孽，没有新意。这看法今天看来并非都错。可是不了解传统，大概也会生出问题。而汪曾祺身上的士大夫意味，对他的小说不是拖累，倒成了积极的因素。那时候流行的理论无法说清这些，但隐隐地知道我们的时代出现了问题。也由于此，我忽然有了沮丧的感觉。好像搭错了车，发现自己到了一个不该到的地方。这种感觉，到了三十年后的今天，依然没有消失。

　　二十世纪八十年代对我来说是知识恶补的时代。还记得集中阅读周作人的时候，曾被他沉潜在文字里的绅士气与鬼气所打动。我也奇怪，何以被这位潦倒的文人所吸引，好似内心沉睡的因子被唤醒了。难道自己的深处也有消极的欲求不是？而那时候也暗自发现，我的心里的确藏有对旧人物的亲密感。那些时隐时现、时续时断的情思，或许是自己渐渐亲近书斋的原因？我曾把这个看法告诉给汪曾祺，他笑了笑，说道：对周作人那个圈子里的人，也是很留意的。

　　于是便对百年间的文化史的另一面有了兴趣。在驻足于各类文本的时候，其实更愿意看的是作家的尺牍、旧诗与题跋之属。那里可能看到人的更直接的、隐秘的存在。这很像人们的喜读野史，在正襟危坐的文本里，其实没有真的人生。越到中年，这种感觉越浓，也许自己真的有些老气了。

　　自新文化运动以来，中国进入现代世界的脚步越来越快，革命几乎成了时髦的话题。其实这样的态势，早在孙中山的时代就已经开始，以新代旧，新旧交替，在我们的国度里一直是道复杂的景观。革命的人，多是从旧营垒来的。因为深味传统的弊病，才有了摧枯拉朽的渴望。激进主义固然是域外文明的一种，而我们传统中的因子有类似的倾向，也是不能不看到的。

早期搞文化革命的人，旧学的基础差不多都好。陈独秀那样的激烈反旧学的斗士，模仿俄苏与法国的革命理论，都有点皮毛，而文章的气象，似乎是六朝的，也有韩愈的影子也说不定。至于胡适，就把五四的求实精神与乾嘉学派联系起来，也并非没有道理。一九二一年之后，《新青年》分化，在孤独的路上前行的不多，鲁迅、陈独秀还保持着进击的激情，而周作人、胡适、刘半农、钱玄同则向士大夫的一面靠拢了。他们虽然也写白话文，情调却在魏晋与明清之间，精神与许多白话作家是隔膜的。

一个有趣的现象是，在革命的前沿，那些新事物的迎接者，文章不都是新的，行文间也不免旧文人的习气。他们在最时髦的新世界里，表达方式还在清末的时期。一九二四年，罗章龙与陈独秀、李大钊出席共产国际第五次大会。会后，他访问了俄、法、德、荷、比、丹等十国，可谓是浪漫之旅。所到之处，都留下一些诗文。看不到多少共产党人的严肃的面孔，倒有点古代读书人的样子，趣味似乎和马克思主义无关。他们在乌托邦的梦想里，还残留着孔老夫子的习气。反传统的人其实是站在传统的基点开始起航的。

至于新文学家的写作，更带有这样的多面性，其面孔也不像一些人想象的那么简单的。他们对旧传统有自己的看法。不喜欢的东西就攻击之，喜欢的也不掩饰自己的观点。就后者来说，他们是通过借用旧学的经验来确定自己的审美观的。后来的京派文学，其实就是这样延伸下来的。

旧学的经验，触发了新文化的发生是无疑的，虽然这在其间究竟占多大成分还不好说。可以说，它是现代新精神可以借用的思想资源。胡适在白话文的提倡中，不忘对旧体诗的研究，对文言文也有心得。朱自清授课的内容是古代文学，精神就是有历史的厚重了。闻一多后来一心研究神话与《诗经》《楚辞》，都是在寻找我们民族内心核心的存在。他们知道，在新文人那里，有旧有的遗存，不是什么都没有价值的。

当知道那些弄新文学的人多是旧学问的专家时，我才知道，我们对新文学的发生与解释，似乎少了什么。对他们的另一面，我们知道得真不多。

二十世纪三十年代伊始，鲁迅介绍郁达夫加入左联，遭到一些青年的反对。原因是过于旧式的才子气，非革命者也。鲁迅觉得旧式的才子气没有什么不好，有真性情与现实精神那才是可贵的。鲁迅自己，就中过老庄、韩非子的毒，嵇康、阮籍的调子也含在其间。革命固然有外来思想的侵扰，而士大夫的不羁的忧患意识则生根于读书人的世界。我们说鲁迅也有骚人的慷慨激昂，那也不错的。

顺着那段历史看下来，总有意外的收获。我注意到郁达夫的文章，在他大谈无产者的文学的时候，不都是俄国式的忧郁不满，还有明清文人的洒脱。他的小说很好，散文亦佳。这是别人不及的。可是他的旧体诗，成绩更高，古人的积习很深，空灵、凄婉的意境让人心动。在革命的时代，还藏有旧文人的积习，正是那个时代文化驳杂的一个例证。

郁达夫的旧体诗是自然的，有沉郁儒雅的哀凉在。哀伤有哀伤的韵致，奔放有奔放的激情。有唐诗的清丽，也含明人的聪慧。没有一点老气，反显得极为年轻和清秀。他自己说，现代人应写新诗为主，但旧体诗也不是没有价值，恐怕一时不会退出历史舞台的。这就给传统的审美留下一条路来。在白话文八股化的时候，也可能补救文坛的单调吧。

郁达夫说：

至于新诗的将来呢，我以为一定很有希望，但须向粗大的方向走，不要向纤丽的方面钻才对。亚伦坡的鬼气阴森的诗律，原是可爱的，但霍脱曼的大道之歌，对于新解放的民族，一定更能给予些鼓励与刺激。

中国的旧诗，限制虽则繁多，规律虽则谨严，历史是不会中断的。过去的成绩，就是所谓遗产，当然是大家所乐为接受的，可以不必再说；到了将来，只教中国的文字不改变，我想着着洋装，喝着白兰地的摩登少年，也必定要哼哼唧唧地唱些五个字或七个字的诗句来消遣，原因是因为音乐的分子，在旧诗里为独厚。（《郁达夫诗词集》，页三二五，浙江文艺出版社一九八七年版）

按照郁达夫的理解，不管社会如何进化，旧的审美总有一席之地。那是二十世纪三十年代，大众的革命文学还没有兴起。他的判断，总有些代表性。郭沫若、茅盾、郑振铎、阿英后来都保留了旧文人的雅兴。只是那时候他们的话语在激进的世界流淌，旧文人的积习变为小道，遂不被世人关注了。

这是个有趣的现象。我们查看现代史，这样的一新一旧的文人和作家很多。冯沅君的小说在五四后颇受欢迎，可是她最引人的作品是《中国诗歌史》，那是世人公认的。在冯沅君那里，新文学的激情和旧式学问的关系如何，是一个可琢磨的话题。这里的转换内在的机制如何真的有趣。像废名那样的人，一面研究写白话小说，一面大谈六朝文学，并从六朝文学中找自己的话题，的确是有趣的。没有旧式文学的参照，新文学也建立不起来，这是一个不刊之论。至于周作人、俞平伯、废名等人与旧学的关系，那就更不用说了。

多年来，我一直注意一位早逝的作家顾随。他的白话小说是有特点的，对艺术的理解也有天分。可是后来只研究旧诗词，写作呢，也是渐渐与白话文没有关系了。我读他的旧体诗，很有意思，有唐人之风，诗句苍凉者为多，比许多文人的弄烂古文是好的。他的解析古诗词的文章，才华横溢，鉴赏水准不在王国维之下，有的甚至高于前者。我想，他的不凡，大概也是借鉴了古人的智慧，又参之西洋的学术。不是站在古人的角度去写古人，而是站在今人的立场使用古文，那就与晚清的文学不同了。

其实，按照李陀的理解，新文学作家中是有一批老白话作品的。这是从鸳鸯蝴蝶派作品发展而来的群落。周作人、废名那些人继承了一点余绪，到了张爱玲那里，发展得有些丰厚，带有暮色里的凝重了。在这些作家作品里，有旧时才子的腔调，古诗文的声音流转，学来了唐宋人的步履，又加之洋人的外表，遂衣带飘洒，有脱俗之气。问题是有时过于隐曲、古奥，便不被理解，很少进入文学史的话题里的。

五四后的学者的文字处于新旧之间，这些人的论文与随笔，最好地表现了旧学与新学之关系。梁启超、陈寅恪、冯友兰，就是这样的文体。他们的意识是新的，但做文的办法却是辛亥革命前后的文人体，把士大夫的趣味也含在其间。典型的是周作人，喜欢以明人的笔法为文，章法上也有他所译的希腊与日本文章的逻辑性。以主情缘志为主，东方的感觉和性灵都有，是别开新路的。

像鲁迅这样的人，在新文化的大本营里讲的是《中国小说史略》，讲义用文言。谈对小说的感觉都是《文心雕龙》的传统，没有勃兰兑斯的笔法，连他欣赏的厨川白村的理论方式也没有，真的是士大夫的语态。他对《红楼梦》的看法，就很带诗话的意蕴，连审美的态度都是东方的，绝不是洋人的样子。我觉得这个手段，是旧习气的延续，他似乎觉得，不这样表达是有问题的。后来在厦门大学讲课，写下的《汉文学史纲要》，也是沿袭旧路。

有一些作家喜欢白话小说与散文。但是业余爱好的是古典文学版本的搜集与研究。这样的人可以举出许多例子。郑振铎、阿英就是这样。他们最好的文章不是小说，而是书话，专讲学问，是谈学问之乐。这些人对文坛掌故有些兴趣，文章的套路是明清间文人的题跋、尺牍一类的东西。加之一点现代理论的东西。像俞平伯、浦江清的文字，就透着智慧与古雅的诗趣，他们的白话文背后的古典文学基础，是有相当的作用的。后来我们看姚雪垠的历史小说，写得那么博雅，也与旧的修养有关。新文学家的旧学识，有时不都有副作用，反倒增加了语体的张力。在新旧间的徘徊与选择，便把叙述的语体多样化了。这个现象很有意思。讲新文学的产生而不涉及此类话题是有问题的。

白话文的产生自然有民间口语的力量使然，可是古语与翻译语内在的碰撞也有一定的作用。这里还有个现象值得一提，那就是西学的内核与国学的思路的会合也滋润了白话文的生长。典型的例子是陈寅恪，文章介于南学、北学之间，思想有东西方理念的杂糅，都很有特点。他的文章有古奥的一面，但今人的思想也在此奔放着，有融会贯通古今中外的气象。作家格非说读《柳如是别传》像读小说，看到了其内在之美。其实也证明了白话文是可以与古语结合产生魅力的。钱锺书的文章与书，也是如此。他们都是借了洋文和古文，把白话文的书写丰富起来。

总结那些历史，的确不像一般的教科书说的那么简单，仿佛白话文是古文的背叛。白话文是对古文的超越没有疑问。但是说白话文与古文可以没有关系，那就失之浅薄了。

汪曾祺一直喜欢讨论语言的问题，有的强调到很高的层面来讲，不是没有道理。他在《中国文学的语言问题》写到胡适的浅薄。推崇的倒是鲁迅的文白相间的文字：

胡适提出"白话文"，提出"八不主义"，他的"八不"都是消极的，不要这样，不要那样，没有积极的东西，"要"怎样。他忽略了一个东西：语言的艺术性。结果，他的"白话文"成了"大白话"。他的诗：
"两个黄蝴蝶，
双双飞上天……"
实在是一种没有文化的语言。相反的，鲁迅，虽然说要上下四方寻找一种最黑最黑的咒语，来咒骂反对白话文的人，但是他在一本书的后记里写的"时大夜弥天，璧月澄照，饕蚊遥叹，余在广州"，就很难说这是白话文。我们的语言都是继承了前人，在前人的语言基础上演变、脱化出来的。很难找到一种语言，是前人完全没有讲过的。那样就会成为一种很奇怪的、别人无法懂得的语言。古人说"无一字无来历"，是有道理的。（《汪曾祺全集》四卷，页二一八，北京师范大学出版社一九九八年版）

五四之后，语言的问题不是进化了，而是出现了表达的贫困，到了二十世纪八十年代，是汪曾祺这样的出来才揭示出文风之弊，开出新局面，实在是力挽狂澜的革命。此后，旧式文人的作品和先锋派都起来推波助澜，才有了新的气象。早期文学革命的人是从理论上建立白话文的秩序，到了汪曾祺的时候，则从感觉出发，颠覆白话文的苍白之体，将无趣的文字有趣化了。那步骤不是借鉴新的西洋学说，而是复古，即从明清文人的文本里寻找资源。

这是一场可怜的革命，没有什么标新立异之处，不过回到五四前后的语境而已。新旧之间一个重要的话题，其实是旧思想究竟在新文学中占有多大位置。那些看似时髦的文人，内心是不是还有一点士大夫的东西？这是久久吸引我的话题。我觉得这个话题在今天，对作家来说已显得陌生。现在的文学的低俗与缺乏韵味，和远离传统的审美意识大有关系的。

在一定的层面讲，汪曾祺的复古，不是哲学层面的儒教的复兴，而是士大夫语态与趣味的回归。他何尝不知道古书里的问题。只是觉得，在旧的文化里，有异样的传统，是智慧与诗意的遗存，失去了委实遗憾。汪曾祺思考的可能是旧遗产里心绪的自然雅致的因子，那些东西倘若和今人的语言结合，语言的苍白庶几可救。

　　某些传统就像罂粟，远看很好，其实是有毒的。对病人或许有天大的价值，而常人久食，便进入病态。鲁迅对此很是警惕。周作人是在古书里泡得很久的人，但因为一直翻译研究希腊与日本的文化，就把古文的老气洗去，换了新的面孔。不懂西学的人浸在古文里，大约有点问题。复古与奴性的东西一旦缠身，则被世间所笑矣。

二〇一〇年五月四日

# 古文的路

　　文体新旧的话题，自二十世纪八十年代就被关注过，印象是汪曾祺最先提及，而应者寥寥。那时候人们关注的多是伦理与命运等宏大的叙事，如何表达还是一个问题吗？孙犁曾经批评过一些作家文字不讲究，内在的思路和汪氏差不多，但他们的声音很快就淹没在一片嘈杂中了。

　　这也是新旧之变中遇到的审美的意识难题。我留意那时候的文章，只有贾平凹、阿城少数作家带着一种古风，似乎与传统的一部分意象叠合了。汪曾祺欣赏他们，也因和自己的心绪相似有关。在他看来，旧式语序里伸张的情感，并非都是老调子，还没有死去。

　　在新的白话中加一点古意，是晚清就有的。那并非游戏使然，而是时代过渡期的痕迹。新文化运动前的文人的文本，有气象者很多，我觉得在此变换之间，梁启超、苏曼殊是很值得一提的人物。

　　在新小说的建立中，梁启超用情颇深。他的那本《新中国未来记》虽系章回小说，而内蕴已经是现代人的了。他用了文白相间的词语，去憧憬未来的中国，的确有趣得很。笔锋是热的，散着激情。较李伯元的笔力不差。梁启超的小说难免有说教气，读起来有生硬的感觉，但他以旧形式写新故事的尝试，多神来之笔。有时候如江河奔涌，是韩愈式的伟岸，自然也有小桥流水，宋词的委婉多少也有一些。他行文有时候并不节制，粗糙是不可免的。总还是把旧文人的酸腐气扬弃了大半。鲁迅之前，在文体上有创建者，不能不提到他。士大夫之文被现代意识所洗刷最厉害的，自他开始无疑。

比梁启超更神奇的苏曼殊，给文坛的惊喜更多，那原因是才子气更烈吧。我在一本书里看到苏曼殊的绘画，静穆得出奇，好像有佛音缭绕，看久了心也摇动。他很有才华，诗、小说、散文，都写得好。只是他的生平太苦，若不是疾病的袭扰，也许会留下许多的作品。可惜年仅三十五岁便命丧黄泉，当时不知有多少人为之垂泪。

苏曼殊的形象在文人那里一直是消瘦的样子。因为出身奇特，又是出家人，在文坛显得别具一格。他的文字很有特点，夹杂着日文、梵文、汉语的痕迹，使表达丰富起来了。他是个混血儿，父亲系在日本经商的广东汉，母亲是温顺的日本人。这个奇特的家庭拥有两国的语境，在他那里是交叉的，以至于连文字也混血的。比如，他翻译的作品，在内蕴上就旋律多种，余外之音是有的。鲁迅曾谈到其所译的拜伦的诗，很是喜欢，是影响了他自己的。我读过苏曼殊许多文章，都很感动，是才子的情缘在的。德国的汉学家顾彬说，苏曼殊是使古典小说终结的人，那是对的。他的作品已经开始摆脱旧文人的习气，大有欧人之风。感伤而痛苦，诗意里跳着爱意。比较一下契诃夫、莫泊桑的小说，他与之的距离是近的。

关于苏曼殊的翻译故事，坊间有诸多传说。印象深的是与陈独秀、章士钊同居时的争执与互动。据说，他的中文水平是得到陈独秀的点化的，章士钊对其亦有影响。但翻译的经验对陈独秀、章士钊似乎没有影响，文体还是很中国的。而苏曼殊的语言则有另外的韵味了。没有翻译就没有现代文学。早期白话文章好的，都懂得一点西文的。或者说西文的翻译刺激了他们的写作。这是个大的话题，我们一时说不清楚。在谈现代作家的写作时，这个话题是绕不过去的。

我觉得苏曼殊夹着太多的谜。他与鲁迅的关系是增田涉、林辰揭示出来的。林辰生前写过许多考据文章，尤以这篇考据为佳，读了印象很深。晚清的文人中，苏曼殊的存在显得很是特别，他吸引了许多人的注意，人脉很好，似乎大家都可接受之。

苏曼殊开始写作的时候，林纾的译文已经畅销许久了。林纾自己不懂西文，却译了许多佳作，一时名震四野。但林纾太古雅，是桐城派的中坚，把汉语与西洋故事有趣地嫁接着。苏曼殊则不然，他通西文，东亚的气息亦浓，便找到了精神的入口，东西方的意蕴似乎翕合无间。他谈拜伦，谈雪莱，体贴的地方多，且妙句连连。那就没有隔的意思，似乎融会贯通了。比如《燕子龛随笔集》云：

英人诗句，以师梨最奇诡而兼流丽。尝译其《含羞草》一篇，峻洁无伦，其诗格概合中土义山，长吉而镕冶之者。曩者英吉利莲花女士以《师梨诗选》媵英领事佛莱蔗于海上，佛子持贶蔡八，蔡八移赠于余。太炎居士书其端曰："师梨所做诗，于西方最为妍丽，尤此土有义山也。其赠者亦女子，辗转移被，为曼殊阇黎所得。或因是悬想提维，与佛弟难陀同辙，于曼殊为祸为福，未可知也。"（《苏曼殊集》页四二，东方出版社二〇〇八年版）

因了阅读西文，苏曼殊的文字便柔软多样，和旧的士大夫不同者许多。五四白话文创作出现之前，他的文体，大概可以算是过渡期的代表。其小说文字，无意间也有了新的内蕴在。晚清文人欲在文章里搞出花样者大有人在。因为不懂外文则多被限制。苏曼殊后来写小说，以情为主，没有道德说教的那一套。故事的布局，作品结构，都面目一新，与西洋小说略有似处。鲁迅之前，他是重要的存在。许多新式的表达，在他那里已经萌芽了。

一九一六年，陈独秀为苏曼殊的《破簪记》写下后叙，对这位朋友给予很高的评价。他说：

余恒觉人间世，凡一事发生，无论善恶，必有其发生之理由；况为数见不鲜之事，其理由必更充足，无论善恶，均不当谓其不应该发生也。食色，性也，况夫终身配偶，笃爱之情耶？人类未出黑暗野蛮时代，个人意志之自由，迫压于社会恶习者，又何仅此？而此则其最痛切者。古今中外之说部，多为此而说也。前者，吾友曼殊，造《绛纱记》，秋桐造《双枰记》，都说明此义，余皆叙之。今曼殊造《破簪记》，复命余叙，余复作如是观，不审吾友笑余穿凿有失作者之意否耶？（陈独秀：《〈破簪记〉后序》，《新青年》第二卷第四号）

陈独秀没有直说作者的小说的审美特点，但对其精神是赞扬的。在陈独秀看来，那是写了现代人的情欲，思想在感伤无奈之间。按陈独秀的性格，未必喜欢缠绵之作，但苏曼殊的精神在真与爱之中还是打动了他的吧。

在苏曼殊眼里，世间的文字，在文辞简丽方面，梵文第一，汉文其次，欧文第三。所以，他虽然喜欢浪漫诗人如拜伦、雪莱者，可是最可心的却是佛学著作。佛的高深，我们岂能及之？那是高山般的世界，后人只能仰视而已。而他的诗文小说动人的一隅，也是传达了佛音的。在清寂幽怨里淌着幻灭的影，人的渺小无奈都折射此间，真的让人动容。他写过政治性强的文章，印象均不深，不足为论。唯谈艺与小说诗文，情思万种，摇心动魄。见月落泪，听雨暗伤，此才子式的缠绵，真真可爱至极。而文辞里玄奥偶存，时有佳句飘来，为晚清之独唱。章太炎、陈独秀、鲁迅对其亲近的感觉，都是有道理的。

我每读苏曼殊的文字，都有种沉潜下去的感觉。因为好似也写出了我们内心的一切。他在精神上的广和情感上的真，形成了一股旋涡，把我们带到冲荡的净地。那是佛的力量还是别的什么，我们真的一时无法说清的。

不妨说这个是过渡时代的遗痕，昙花般的谢落很有点可惜。唯其时间过短，才显出意义。六朝文的时间不长，至今让人追忆，实在是个谜一样的存在。晚清的文人给我们后来的读书人的暗示，的确很多。有时候想想那时候的人与文，才知道我们今天的书写，真的是退步了。

士大夫文化在晚清的流变，有多条路。一是往上走，进入现代语境，鲁迅、胡适、郁达夫便是。一是往下走，和大众趣味结合起来，鸳鸯蝴蝶派的作家如此。而后者，在时隐时现中可谓命运多舛。

鸳鸯蝴蝶派的名声，其实在民间不一定坏，喜欢的人总比别人多些。原因在于日常人情缠绕，遂有了美音，曲调的引人自不必说。

那些谈情说爱的文字固然没有五四人的力度，但切实、贴真是没有问题的。《海上花列传》《九尾龟》都是文白相间，前者以吴语为基调，地方色彩很重。这样的变调的组合，使文字的密度加大，表达的空间也多了。我读包天笑的小说，才知道那派人的审美趣味，完全是旧中国式的，士大夫与市民的气息浓浓，遂有了许多中国人味道。只是太陈旧，有些闷损，新文化领军人物向他们开炮，也是自然的了。

包天笑是个翻译家和报人，晚清的时候译过许多域外小说。后来也写作品，写的是才子小说。多是青楼哀怨，市民苦乐、黑幕内外的东西。文人气是有的，在布局上，功夫未必逊于别人。《同名》写一男子久别妻子，独自在上海苦住，被人领进青楼，当得知陪伴自己的小姐与自己妻子同名后，良心发现，从迷途返回来了。《无毒》也是男子去苏州不幸与妓女相遇的故事，对沦落街巷的职业妓女的理解很深。所谓社会持证上岗云云，不过污泥一团的东西。《误绑》是黑社会的写真，穷弟弟被误认为其富裕的哥哥，而被黑道绑架，在囚禁中获意外礼遇。弟弟一时称快，哥哥逍遥在外。有点传奇的意味，但至于市民情调，幽微的内心都不得展开，文章就平平了。

有的作品本可以摇曳生姿，可是却沉到市民的庸常趣味里，不被理解也是对的。比如《武装的姨太太》，本有传奇色彩，又是梨园之趣，可是嫁给外交官后，只是在家庭大小房间的斗气，故事就消沉了。三姨太武功好，是武旦出身。这样的叙述本来有社会纠葛，包天笑却偏偏不。一切与社会无关，不过儿女情长，余者不可多谈。这是他的美学观。而五四的作家以为人是社会存在，怎么能够不涉猎社会矛盾呢？后来的新文学越来越激进，越来越革命，儿女伦常倒被淹没了。包天笑被人遗忘，也是没办法的事情。

鸳鸯蝴蝶派不是不关心社会，他们只是视角不同，不用道德的话语讲话而已。像《夹层》写穷人的疾苦，惨矣不可触目。隐痛是有的。《沧州道中》整篇写火车所见洋人与乞丐的面孔，未尝不是良心的发现，批判的意识是隐隐的。只是不带党派的意味，是个人独自的发言。那真切感和无力感都有。小说《黑幕》谈论出版社只注意社会黑暗诸事，看出文化的世俗观念的强度，忧患的意识还是浓的。《云霞出海记》对几个青年女子不幸命运的描述，笔力不亚于叶圣陶诸人，森然的气息流动在文字间。在塑造这类人物形象和故事的时候，笔触是看客似的。读者从中会有更真切的感受。历史的叙述与市民生活的叙述，倘以中立的态度为之，观众可能普遍接受。自然，叙述者可以有道德的立场与价值态度，隐秘起来的表达，百姓自然是觉得朴实无华，有真切的感受在。

喜欢纯小说的人，会对包天笑的作品觉得单调，似乎少了一点什么。但他结构小说的手段和文字功底，亦不可小视。《一缕麻》的叙述视角和文采，都有特点。其内功比郁达夫、茅盾不差，文字是好的。只可惜情绪一直徘徊在旧才子与新佳人之间，动人的图景竟未能出现。无论从哪个角度看，包天笑和新文人的界限是显然的。没有明显的政党意识和学术偏向，写的故事都普通得不能再普通的。他的文本是新旧杂陈的，现代的语境不太明晰。可是境界是大众式的，迎合大众而不是提升大众。个性的高蹈绝不出现，自我的内心在常态中。鸳鸯蝴蝶派不都是儿女情长，那里的精神朴素得不逾越社会的道德底线。只是过于沉闷，像说书人的陈述，市井的风四散，一切不幸与欢快，过去就过去了吧。

旧派小说家的弊病可能是在日常性里陷得太深，不能跳将出来，殊乏创意。但他们将古文和大众口语结合起来，形成了新的白话体。那些故事与隐喻有时候让我想起宋词的语境，市井里的繁华与闺房间的清寂都有，在根底上还是古文表达的延伸。士大夫气与市民气一旦合流，酸腐的与灰色的因素也同时涌来，真的是泥沙俱下、美丑杂陈的。二十世纪三十年代，人们强调大众化的写作，就是看到了这个问题。想寻找一种纯粹的民间体。这个倡导，因为后来掺杂了诸多政治因素，后来的路反与先前的设想迥异了。

新文化运动后，文人出现了新旧的分化。新文人普遍不喜欢鸳鸯蝴蝶派的文字，将其看成落伍者言。道理不是没有，只是把他们的价值低估了。鲁迅回到北京省亲，给母亲带的是通俗小说，知道那是母亲喜欢的。大众有大众的阅读，精英文人可以嗤之以鼻，可是百姓还是买他们的账，没有办法，文学的生态就是这样的。

所以我想，一九一七年的文学革命，是必然的事，总是要发生的。看多了鸳鸯和蝴蝶，才子与佳人，眼睛也生涩了，于是希望有新的作品出来。而到新文学阵营里的，就有旧派的人物。

刘半农是新文学的健将之一，写过鸳鸯蝴蝶派的作品的。他后来的转向，大可以深究。与古文为敌，是一种什么精神所为，今人未必了然。不过从他的积极参与

白话文运动的文章看，对古文和半文言的小说是生厌
的。那么说古文有黑色的幽魂，与人不利也有其道理。
晚清后的读书人，是有一种厌恶士大夫气的内心在的。
刘半农、钱玄同都是这样。因为八股取士的历史长，文
章的风格都坏了。他们和周氏兄弟谈天的时候，议论到
古文的优劣，对林纾的桐城遗风不以为然。在这些人看
来，中国文人那时有两个倾向都不太好。一是林纾的桐
城气，过于古雅，和今人理趣甚远，不足为道。一是鸳
鸯蝴蝶派的市民情调，士大夫和庸民的习气四散，让人
是沉静到无我中，也是有问题的。问题在于，古文可否
推陈出新，注入人的鲜活的气息？深味域外文学的人意
识到了此点，走白话文与译介文字结合的路，未尝不是
一个选择。

五四那代想象的白话文，和后来出现的语体不太一
致。后人渐渐把那代人的思想忘记了。早期白话文倡导
者以为，文章与艺术乃"自我表现"，释放精神的潜能。
周作人介绍过"美文"，那是中国读书人少有的文体，
对士大夫是一种冲击无疑。鲁迅则把自己的文章称为杂
文，六朝的短札与日本小品，及日耳曼的玄思都有，和
旧式文人的距离就远了。造就新的国文，不能没有这样
的创造性的劳作。而李伯元、林纾都有点老旧了。那原
因是拘泥于一点，似乎有点问题。周氏兄弟的不凡，是
古今中外打开，文章就通达多致、颇有意思。周作人在
《古今中外派》中说：

　　中国大抵是国粹主义者，是崇古尊中的，所以崇尚
佛教是可以的，崇尚孔教是可以的；甚至于崇尚丹田静
坐也是可以的，各学校里的许多蒲团可以作证；崇尚灵
学也是可以的，除《新青年》的几个朋友以外，大家原

都是默许了。

我不想提倡中国应当崇尚外国的宗教与迷信,但我觉得这种崇尚尊古的倾向,为中国文化前途计,不是好现象。我希望下一世代的青年能够放开眼界,扩大心胸,成为真的古今中外派,给予久经拘系的中国思想界一点自由与生命。(《周作人文选》一卷,页一五五,广州出版社一九九六年版)

周作人后来真的成了古今中外派,鲁迅、胡适亦复如此。他们搞新文化运动,自己是亲自尝试各类文体的。但每个人,都保留一点古风。比如,胡适晚年一直研究《水经注》,还抱着乾嘉学派的那一套。鲁迅在辑校古籍时,透着嵇康的风骨。五四新文人身上绝少迂腐的文气,他们把古老的语言置于盐水与血水里浸泡着,文字有了火辣的一面。西洋文字里鲜活的自我觉态出现了。

鲁迅、郁达夫、冰心的白话文里都有古文的成分,可是绝没有包天笑那样的老气,和魏源式的古雅也大异其趣。他们不用士大夫的语言来表述思想,总想摆脱一下旧的语言的束缚。比如,翻译外国作品,主张直译,要引进新的文化表达式。就是再造新的句法。鸳鸯蝴蝶派也有翻译家,但他们的特点用包天笑的话说是"提倡新政,保守旧道德"。李楠在《晚清、民国时期上海小报研究》中介绍周瘦鹃译莫泊桑《伞》,看出他的士大夫气得要命的地方:

原作只说乌利太太脸色通红,周译成:"两颊通红,一腔怒火,早从丹田里起来,直要冒穿了天灵盖,把这保险公司烘成一片白地,寸草不留,连这总理也活活烘死在里头。"小报文人的译作充满着传统语汇与腔调，使用负载太多文化联想的陈词套语，给人满篇滥调，而读不出西方原著新鲜的美感，无法传达西方原作的风格与情境。（李楠：《晚清、民国时期上海小报研究》，页八三，人民文学出版社二〇〇五年版）

　　士大夫的语言只有古意，而乏现代人的生命质感，是很大的问题。新文化要革的，就是士大夫的命。可是要做到这一点，很不容易。大概在一九二五年，鲁迅在《咬文嚼字》里，就讥讽过翻译中的附会古人的旧习，以为那是不好的。古而且新，有今人的温度，是一些人的渴望。这样的文体是那个时代的产物，乃一份财富。胡适、鲁迅的深切的地方，就是既保留了古人的智慧，又去掉了读书人的迂腐气。不知道为何，后来的作家都不太这样有丰厚的韵致，似乎故意远离这些，文字越发无味，渐渐和他们隔膜了。只是汪曾祺出现后，古雅的一面和清秀的存在同现，文学才有了爽目的风骨。

　　我们现在看鲁迅的小说，觉得与鸳鸯蝴蝶的距离甚远，是真的知识界的文本。如果不是他的出现，我们现代文学，真的没有久远的亮度。鲁迅是超人，他走得远远的，我们跟他不上。他的路，不是唯一的，不要因为鲁迅的成功而否认别样的存在。鸳鸯蝴蝶的那一套，并非没有可取的地方，倘改变一下路径，也许会有新的特质，即把生命的感喟和人间的图景立体地描述出来。远离玩世的心态，精神在盘旋里飞升，有力量的冲击。张爱玲的出现，就使旧派小说从死胡同里走出，有了异样的风采。在这个民国女子的文字里，日常的那些存在，都获得了诗意。虽然不乏旧派小说的男女恩怨，可是笔锋才气袭人，总是有力度在的。她的作品像欧洲的一些古典的油画，忧戚里带着无望的寂寞，仿佛日暮下的街市，无奈地等着黑暗的到来。张爱玲的文字是明清式的才女的遗痕，《红楼梦》的大观园气被洋场的香风代替了。她有了切肤的痛感，那个体生命的无奈，也有塞尚和莫奈色调的出没，于是便从旧派的滥调里走出，完成了一场革命。到此，与鲁迅不同的存在开始闪耀于文坛。远不失古雅的文人气，近弗隔民众的生活。泼墨为文间又拒绝成为党派文化的附庸，鸳鸯蝴蝶派的变调，成了纯文学的一部分，说起来是很有意思的。

古文可以被跨越，也可以被革新。它的古老的幽魂在近代的出出进进，跌跌落落，印证了我们文化的内在冲突的多样性。我们中国人用文言文，已经有两千多年的历史，而白话文，也源远流长。按照胡适的观点，一部中国文学史，就是白话文学延伸的历史，在古文之外，民间性的写作从未间断过。读书人喜欢游戏，有时候近一点士大夫的情调，遂有才子的诗文在；有时候到民间去，市井的与泥土的气息流散出来，那就是人间情怀吧。还有一条路，是既非士大夫的传统，也非民间小调的传统，乃纯粹的知识分子的写作。鲁迅在二十世纪二十年代说中国没有这样的知识分子，现在是否有，还不好说。我觉得自己不是这样的人，所以，无法描述那个世界的东西。但我觉得这是一个文化生态问题。我们的士大夫文化与市井文化已经存活过，只是知识分子的独立精神寥若晨星。中国未来的艺术总该有另一个样子，但古文化的因子和民间的因子都不会死去，那也是自然的。

二〇一〇年六月一日

旧式的士大夫，笔墨间的功夫都有一些，能画，善书，吟风弄月的诗文与之是相伴相随的。对绘画的敏感，一定能够左右文学的创作的。民国的许多作家，都有绘画的天赋。鲁迅是，张爱玲也是。读画精者，其文也深，用此来形容汪曾祺，也未尝不对。

我们说他有士大夫意味，从其品画的功夫里也可看到。张大千的名声在画坛很大，汪曾祺对他的画风是多少了解的。他有一篇文章叫《张大千和毕加索》，透出许多细节。其美学观也是贯穿那里的。这是篇很普通的文章，却潜在着他的一个根本性的观点，晚年的核心理念收藏在这里是无疑的。汪曾祺写道：

毕加索见了张大千的字，忽然激动起来：

"我最不懂的，你们中国人为什么跑到巴黎来学艺术！"

"在这个世界谈艺术，第一是你们中国人有艺术，其次为日本，日本的艺术又源自你们中国，第三是非洲人有艺术，除此之外，白种人根本无艺术，不懂艺术！"

毕加索用手指指张大千的字和那五本画册，说："中国画真神奇。齐先生画水中的鱼，没一点色，一根线画水，却使人看到了江河，嗅到水的清香。真是了不起的奇迹。有些画看上去一无所有，却包含着一切。连中国的字都是艺术。"这话说得很一般化，但这是毕加索说的，故值得注意。毕加索感伤地说："中国的兰花墨竹，是我永远不能画的。"这话说得很有自知之明。

"张先生，我感到，你是一个真正的艺术家。"

毕加索的话也许有点偏激，但不能说是毫无道理。

毕加索说的是艺术，但搞文学的人是不是也可以想想他的话？

有些外国人说中国没有文学，只能说他无知。有些中国人也跟着说，叫人该说他什么好呢？（《汪曾祺全集》四卷，页八五）

这一段话写在一九八六年，正是洋风刮得很盛的时候。他大概有些看不惯，于是有此感叹吧。这能看出他的审美立场基本是东方特点的，是看到旧有的艺术有好的遗存的。

但我们且不可被他的言论所迷惑。那是只有经历了西洋文学洗礼后的东方老人的感叹。如果不是早年吸收了西洋艺术的养分，后又在古典艺术里浸泡，是不能说出此番话的。

而实际上，张大千并不像一般人理解的那么简单。我曾经去过台北，看见一些他的作品及听到各种叙述，其艺术的过程是很复杂的。

台北的张大千故居颇值一看，台静农写的"摩耶精舍"几个字挂在那里，暗示着彼此的友情。齐白石在北京的故居没有张大千的漂亮，对比两人，总觉得有些差异，画风不同是无疑的，而精神的隐曲处，亦多抵牾，细细品味是有这样的感觉的。

中国文人气浓的人，对张大千与齐白石都有点兴趣。前者是兼容并蓄的阔大，后者乃谣俗的野味与清秀。两者从不同侧面满足了士大夫者流的需求，真真是有趣得很。台静农晚年与张大千过从甚密。他在张氏的画面中得到多种启示，暗自引为同道。张大千八十大寿时，台静农撰文称其"世论吾兄起衰之功，为五百年所仅见，余以为整齐百家，集其大成，历观画史，殆无第二人"。（台静农：《龙坡杂文》，页二三六，三联书店二〇〇二年版）台静农夸赞之语，想必是肺腑之言。因为张氏从石涛那里出发，参之敦煌壁画，得六朝隋唐笔意，又有域外美术熏陶，遂成气象，精神是开放的。于是乎方得以"元气淋漓"。张大千认识毕加索，懂得一点西洋艺术，对比中才知道中国画要在自己的逻辑那里出发，又绕开世俗之音，自成一路。研究两汉与六朝艺术的台静农，自然知道中国艺术衰微的原因，亦懂得出俗之路的不易。大凡得天趣者，均灵光闪闪，不为物累，思想是放达的。晚年他们彼此相知，是有精神基础的。

台静农与张大千一生坎坷。他们钟情艺术，想远离政治，但偏偏无法绕开政治。作品里有多种隐含，也不乏借古喻今的意象。张大千漂流四方，晚年定居台北，也是无奈之举。台静农于此，亦多感慨，私下交流，定然有无量的悲凉。我去台北时，见到他们的遗迹，读到流传的文字，便感到那一代人的不易。艺术有时是在动乱的年代生成的。苦中寻乐，乃超我的选择。不独艺术如此，哲学家的寻梦，难说不也是这样。

关于张大千的描述，可谓多矣。印象最深的是台静农的评价：

> 吾兄大千居士始以石公风格，力挽颓风，大笔如椽，元气淋漓，影响及于域外。然后力追前古，摩诘而下，荆关董巨，莫不寻其源流，收诸腕底。又西去敦煌，寝馈于沙石室者三载，六朝隋唐胜迹，昔贤梦想未及者，尽得亲历而观摩之。读吾兄所撰《莫高山石窟记》，论六朝隋唐之画风，皆精湛绝伦，视前人徘徊于宋元间者，相去霄埌。（台静农：《龙坡杂文》，页二三六，三联书店二〇〇二年版）

这是文人对画家的感受，其间也有文道与画道的沟通，想起来有趣得很。台静农是小说家，也是书法家，其实也通绘画，他从张大千身上学到了不少的东西。那就是师从古人，又参之西洋的艺术，遂成大器。他们之间的友情，其实也是作家与画家友情的象征。

不过像汪曾祺这样的人，他眼里的画家，是把精神纯化过的。他不喜欢杂色太多，清纯与素雅是好的。平淡是一种境界，有时可以说，是极高明的境界。夏可君先生有一本书叫《平淡的哲学》，就讲到一个脱俗的话题。他说：

> 中国文化是通过艺术作品的创作，以虚静的感悟方式来建构平淡的诗意世界。一切都要还原到平淡之中，在平淡中构建起来。道在自身的体现，就是在平淡的剩余方式中，把平常生活的三个局部区域都转换为艺术作品，艺术作品是道之为道的形式化，是对混沌和平常生活的形式化呈现，平淡就是渗透其间了。（夏可君：《平

淡的哲学》，页四八，中国社会出版社二〇〇九年版）

他又说：

人道、地道和天道，也即是在平淡的情调之中，通过艺术作品形成基本的境域：情景—意境—幻境！这些不同境遇，其实都有一个共同的境界——平淡的境界！平淡是这些相同的境遇的共通感，或者说是某种生活风格和生活方式的共感，一种不强求与不强加的生存美学。（同上，页四九）

在诸多的画家里，他喜欢齐白石，大约是其平淡的境界为之快慰吧？夏可君的理论，可以解释汪曾祺的审美意识的深层理念，我们由此也可知道他与传统文化的深切的联系。中国绘画中的杰作，有的是受到宗教的观念影响而出现的。有的没有，乃乡间艺术与士大夫趣味的一体化所致。前者的代表可以以王维、丰子恺为例，后者的人物多多。我们姑且以齐白石、汪曾祺代表。他们都可以平淡，淡得余音袅袅，而背后的东西总多少有些差异。差异归差异，都借着平淡现着东方的美质。在绘画与小说之间，神韵有时彼此不分，那也是一种遗传的力量所致。此话题太神秘，我们真的一时无法说清。

坦率说，汪曾祺对绘画的感觉都是零碎的，非学院派的旁门左道。他对西洋绘画大概没有什么研究，所以，讲起绘画就没有丰子恺这样的人全面，历史感也不强烈。他谈画和谈小说、诗文一样，从文学的趣味上言者多，只注意一点小问题，视野显得有些窄是无疑的。在诸多画家里，独对徐文长情有独钟。因为也是不正规的地方居多吧。文人画如果文人气太重，大概会流于自恋。徐文长没有这些，章法是寓于无法之间的。汪先生喜欢的就是这一点。所以，看画的眼光总别于他人。他曾为我送过一张画，是徐文长的青藤老屋。画很清淡，灵气十足，有写意的妙处，并题句云："青藤老屋，老屋三间，空士之居也。青藤贴墙盘曲，下有小池，即清池。"走的是齐白石的路子，也有徐渭的高古气。

中国画的特点大概是苏东坡所说的"画中有诗"。用丰子恺的话说是凡一山一水、一木一石，都是清空的，梦幻的。汪曾祺喜欢的就是这样的清空与梦幻，觉得大有趣味。他的小说也有类似的痕迹，是诗与画的结合，总有些朦胧美妙的东西。这和老子与庄子的诗化理念也有关系，在文字里把不确定的朦胧与诗意的顿悟衔接起来，恍兮惚兮，不知左右，难辨东西。汪曾祺在血液里就有这样的因子，有人在其作品里看到了老庄的因素，那也是自然的。如果说，他和沈从文有什么区别，大概就在这里吧。沈从文的文字没有士大夫的空漠的东西，汪曾祺有，他和老子与庄子的智慧相通也是其文与画有古风的原因。越到晚年，越是这样，和早年喜欢现代派的作品时的心境，真的大大不同了。

但这样的作品也因其淡薄的意绪而显得力量不足。没有西洋绘画的伟岸的力度。所以，汪先生在理解绘画时，渗透的是作家的眼光，自然有其短处。这很像他的小说，如果有一点鲁迅那样的勇气，懂一点西洋小说的意味，也许会更好些也未可知。这样看来，他对张大千的了解，也未必深切，只是借着话题要说自己的内心期许罢了。中国的小说与绘画，在对传统的吸收与外来艺术的摄取方面，都显不足。本来，在两方面摄取营养，才能把小说推向深处，但到二十世纪八十年代，只能一方面下手解决艺术的难题，在精神的力度上，真的不及五四那代人。鲁迅式的探索一直未能继续下去，是无奈之事。现在我们回想到那时候的选择，汪先生在那时候只能就一点深而为之，已经实属不易了。

世界上的小说家同时又是画家的人很多。英国的 D. H. 劳伦斯就文也来得，画也来得，是个天才式的人物。汪曾祺和他一样，都是业余画画，没有职业画家的气象。但他们对绘画的理解，是相似的。D. H. 劳伦斯在小说里放肆地写人欲，绘画亦多直觉的东西，逆俗得很。他在《直觉与绘画》里这样描述小说家对美术的理解：

只凭着直觉，人就可以真正地意识到他人活生生的实体世界。仅凭这直觉男人就可以爱并懂得女人或世界，而且仅凭着直觉他就可以再现神奇意识的意象，我们称这东西叫艺术。过去的人再现了神奇意识的意象，现在我们按习惯仰慕这些东西。比如，习惯告诉我们要仰慕波提切利或乔尔乔尼，所以，旅行指南上给他们的绘画标上星标让我们去瞻仰。可是这些全是虚假的……现代人，特别是英美人，是无法发挥自己全部的想象力去感受什么的。他们像瞎子看不到颜色一样地看待活生生的意象。想象力，包括肉体上直觉的感悟能力正是他们所没有的。可怜的人们，他们肉体上直觉的感悟力已死。（劳伦斯：《书・画・人》，毕冰宾译，页三五，北京出版集团、北京十月文艺出版社二〇〇六年版）

劳伦斯的观点极为激烈，旨在批判英美人创造力的消亡。在他看来，艺术要有张力，必须解放我们的感官，从泛道德的世界中解放出来。这样的看法，鲁迅、张爱玲都有过，思路也有接近的地方。汪曾祺其实也是如此的。不同的是，不像劳伦斯那样放荡不羁，而是以静制动，从感官的另一种角度刺激那些麻木的神经，使人从烦躁里出脱。这要有大的境界，没有相当的修养难以为之。

中外作家从绘画里悟道者多多，画道与文道，其实殊途同归。我看过夏目漱石的自画像，和他的小说在调子上接近得很，幽默而有趣，那是自嘲的文字，在境界上是互相印证的。张爱玲的绘画简洁而灵动，似乎有别样的幽深。那很像她的文字，是有内涵的，绝不一览无余。她谈论塞尚的文章真好，有思想的相通，艺术感觉是好的。文章的写法讲究神思的不凡。绘画庶几近之。这是有趣的话题，我们慢慢品，是能够看出彼此的互渗的意味的。

从一些既懂画又通晓诗文者的经验看，线条之美和文字之美，是可以互相印证、彼此影响的。丰子恺的禅意不仅在散文中，漫画里也有。他对生命在时间中的流失的感受，在文字中从容地流泻着。丰子恺的绘画有清寂和童贞的美，那大概有日本的因素和佛门的幽静在。到了散文中，这种色彩和线条，也深嵌其间，读起来有厚重的感受。吴冠中有一次和汪曾祺一起讨论过诗文与绘画的关系，他自己的散文就有力量和美意，可能是受到绘画影响之故。(《汪曾祺全集》五卷，页四四一) 不过对画家吴冠中来说，好的绘画者，一定要懂一点文学才是。他一生推崇鲁迅，以为自己的作品不足为道。吴冠中觉得，一个鲁迅，可能比一百个齐白石更重要，原因大概是有精神的力度在。这是画家的看法。可是一般的小说家，也是欣赏好的画家的。鲁迅那么喜欢比亚兹莱、珂勒惠支、格拉斯，一个可能的原因，是那些明暗相间的效果也是文字的效果达不到的。我们说鲁迅一直到晚年文章依然老到，是不是与读画很多有关？从汪曾祺的一生的行踪里，也同样感到这样的话题。他在绘画中所得，对文学创作来说，都是偏得。

钱锺书写过诗与画之间的关系的文字，从域外的经验入手，得其妙处多多。诗与画各有短长，倘能彼此参照，真的可以扩大意蕴。不过，钱氏是否懂画，我们不太清楚，可从其叙述里，知道他从其间得到的启示不少。汪曾祺是真懂画的。他试图把诗画的优长都表现出来。他喜欢丹青，亦愿题字于上，诗画之美都可以表现的。有一篇《谈题画》的文章说：

题画是中国特有的东西。西方画没有题字的。日本画偶有题句，是受了中国的影响。中国的题画并非从来就有，唐画无题字者，宋人画也极少题字。一直到明代的工笔画画家如吕纪，也只有在画幅不引人注意的地方写上一个名字。题画之风开始于文人画、写意画兴起之时。王冕画梅，是题诗的。徐文长题画诗可以编为一卷。至扬州八怪，几乎每画必题。吴昌硕、齐白石题画时有佳句。（《汪曾祺全集》五卷，页四四一）

汪曾祺接着说，题画要有三个条件，一是内容好，二是位置得宜，三乃有好字。作者把画与文字的美放在一起谈，意味深长：

郑板桥画竹，题诗："客窗卧听萧萧竹，疑是民间疾苦声。些许吾曹州县吏，一枝一叶总关情。"关心民瘼，出于至性。齐白石一小方幅，画浅蓝色藤花，上下四旁飞着无数野蜂，一边用金冬心体题了几行字："借山吟馆后有野藤一株，话时游蜂无数。孙幼时曾为蜂蜇。今孙亦能画此藤花矣。静思往事，如在目底（白石此画只是匆匆过眼，题记凭记忆录出，当有讹字）。这实在是一则很漂亮的小品文。白石为荣宝斋画笺纸，一朵淡蓝色的牵牛花，两片叶子，题曰："梅畹华家牵牛花碗大，人谓外人种也。余画其最小者。"此老幽默。寻常画家，哪得有此！（《汪曾祺全集》五卷，页四四一）

好的文人，是通于诗画间的妙处的。那么线条与文辞之间，相得益彰无疑。彼此是对应的关系，互为添色的。我自己觉得，有时候我们无法进入那一代人的内心，文字缺少内蕴与美的风范，大概是没有类似的妙得有关。中国书法、绘画、诗文，在深处连着筋骨，似乎是一个背景。那里的神明和道眼，须用心方可体味。没有此等心绪与用意，可能不得要领，与之甚远矣。

二〇一〇年六月二十日

　　谈论现代文化思潮，人们一直喜欢用左右派的概念。其实，这样笼统的分析，也有可疑的地方。自左翼文化兴起，知识界分化得厉害，先前的自由主义者，有的左转；当然，坚守旧立场者也比比皆是。京派与左派，先前是毫不相干的概念，但后来彼此也有交叉的地方。有的人忽左忽右，有的人兼而有之，颇难划清。还有的人，既有激进的一面，也有散淡的一面，在革命的队伍里却是逍遥派。他们在历史的苦路里，不免被溅上泥水，有时带着杂色也不可免的。

　　我们看民国的文人，一个很大的特点是选择的自主性。周作人与李大钊在趣味上是隔膜的，但不妨碍彼此的友谊。沈从文价值取向属于自由派，而胡也频被捕时，他对这位左翼作家同情的地方很多，找过蔡元培去营救这位朋友。可是那时候的沈从文正与左派的对手胡适、徐志摩、梁实秋关系甚密。这个现象，能说明人的复杂性，也能看到彼时文人之间的复杂关系网络。

　　我有时想，像闻一多这样的人，应怎样归类呢？早先的时候，是唯美主义者，对鲁迅这样的人不屑一顾。到了二十世纪四十年代，为环境所迫，情况大变，思想就激越了许多。那样果敢地面对死亡的勇气，与左翼文人几乎没有什么区别。环顾三四十年代的读书人，类似的情况很多。

有一类人，情感上属于平民的，而学问的兴趣在象牙塔里。宁静的一面与焦虑的一面都有。比如，萧乾的存在，就是难以分类的。

像萧乾这样的，在各种文人的圈子里混过，创作就显得驳杂，非红非黑，是时代的一种混杂的现象。我没有见过萧乾，关于他的事情都是从书中看来的。因为工作的关系，认识了他的夫人文洁若老师，渐渐对这位逝去的作家有了点兴趣。念及先生的诸种文章，一晃之间，沧桑之后的历史之影历历在目。先生的形影便一点点清晰起来。

年轻时读到萧乾写北京风俗的文章，很是喜欢。对旧京的理解多了一种思路。萧乾的早年在燕京大学读书，后到英国剑桥大学留学。二战时是《大公报》驻欧洲的记者。他的传奇经历，给了许多人以惊喜，加之小说、随笔的力量，及译文的流布，可谓影响不凡。

萧乾的作品不都是一流的。但率真、可爱，毫不掩饰己身苦涩的笔法，很有吸引力。林徽因说他在用情感写作，是看到特点的。早期的萧乾是京派的一员，但他那时候没有林徽因的高贵气和沈从文的灵动，还属于学徒的阶段。《蚕》《俘虏》还都是小情调的东西，格局不大。《篱下》那一篇沉痛的东西多，很有感伤的体验在，世态炎凉是在的。这样的作品都是世象的描摹，有创造性的一面。但可惜柔软中失去力量，便不被读者广泛注意的。

　　我觉得萧乾最好的文字是《梦之谷》，语言放开了，精神也是舒展的。这是部长篇小说，故事并不复杂，没有茅盾的气魄，较之沈从文也缺乏精致。但他在这部阅世读人的作品里，显示了自己的爱意。他的文字在这里显得自如，没有刻意的痕迹。这样的作品大约也受了沈从文的影响，是纯粹的情感流动的小说。他借了第一人称的叙述，写了漂泊与寻找的故事，把自己的复杂的感受写出来，民国时代的感伤和惆怅都有，让人久久地回味。萧乾的小说总有诉不完的凄楚，他对旧时代的无奈是不掩饰的。

　　京派的作家，沙龙的意味多，也难免有些自恋的气息。萧乾是没有陷入其间的。如果不是深入到社会底层和矛盾的旋涡，他也许就在书斋气里泡着，写着那些缠绵的小说，多是感伤的叹息。我读到那些关于流民生活的文字，很是感动，也依稀体味到作者的苦心。在这样的时候，他的作品简直像个左翼作家，和京派的儒雅气是隔膜的。从他的选择里，能看出现代作家的复杂性。在理论的层面，萧乾与沈从文、朱光潜近，而创作上，有一点写实主义的因素，和时代是贴着的。

　　但我以为萧乾的可爱，均来自他的坦诚，这是打动人的原因。也是其人比作品更可爱的地方。记得读他的小说《珍珠米》，写那些异域的片段，像似电影的记录。小说笔法鲜活，毫不做作，是心性的自然流淌。有意思的是他那些域外的通讯、随笔，都很逼真，京派文人的高雅劲是没有的。他在剑桥学到了许多东西，可是并不炫耀。在他的文章中看不到书斋气的那些东西。在异域的世界里，他的悲悯的情怀，比先前要浓烈得多。

　　萧乾越到后来越显得大气。原因自然是当了记者，读了社会这本大书。他对第二次世界大战的实况的报道，对滇缅之战的速写，都反射着他的智慧。先前喜爱的象征主义的笔法，后来被写实的精神代替了。对法西斯的仇恨，和对自由理念的表述，都显得颇有分量。我尤其喜欢他的那些纪实的文字，敏锐、深切，背后是个有责任感的形象。阅世多者，其言也深。在对法西斯主义与民主自由问题的思考中，他留下的记录，其价值是超越国界的。

在根本点上，萧乾是一个温和的学人，或者是温和的学者式的记者。读他的书，学者的眼光和记者的现实感是都有的。他有立场，又宽宏大量，没有琐碎、无聊的那些毛病。他从不回避自己的问题，心是洞开的。这一点和巴金、冰心很像。中国的读书人最少的是这样的宽厚精神，萧乾大概是难得的一位。我有时看到文洁若的文章，想起他们的故事，觉得是美丽的一对老人。他们在风雨飘摇之日，没有颓废下去，且顽强地面对一切，留下了温暖人心的文字，那是我们文坛的福分。

介于京派趣味与左翼良知之间的萧乾，大概能说明一个问题。在知识的趣味和看世的眼光上，他倾向于朱光潜、李健吾的思路，总认为在写作中不该放弃艺术之维。可是言及当下的现实，他的价值取向又与鲁迅相似，以为人生是重要的。他的知识背景是燕京大学、剑桥大学，倾向于自由主义在所难免。但他的平民出身中的苦涩记忆与西方二战的残酷的面影，使其又知晓西洋文明之弊病，那自然也校正了先前的甜梦。有意思的是他对宗教的态度，无论如何，也无法成为信徒。燕京大学乃教会大学，可是他却不太易融入其中。早期的经验使他不轻易地相信什么，有了怀疑的意识。也因此不再盲从。他的欣赏多元的思想，和不过分固执有关。因为他曾在经验里感到虚妄的东西过多。比如对传教士的看法：

　　后来我又从政治和历史背景看宗教的来历了。没有不平等的条约，洋牧师能进来传教吗？都怪清朝腐败的皇帝和那些太监佞臣糊涂，订下那些丧权辱国的条约。洋牧师们归根结蒂是跟在洋枪洋炮后头进来的。我在《皈依》这篇小说中，表达了自己对救世军的愤慨。在我眼里，传教的牧师同被传教的男女信徒之间，是一种强者与弱者的关系。一九二五年那场反帝风暴进一步教育了我。那以后，每当牧师在台上用颤抖的声音对我们说："你们是有罪的人！"我心里就问：究竟是谁有罪呢？

　　基督教教义的中心是一个"爱"字。他还不是"己所不欲勿施于人"的爱，而是"如果你的敌人打你的左脸，就把右脸也给他打"的爱。倘若这样，十九世纪那些信奉基督教的国家为什么逼中国赔款割地呢？他们报复起来要凶狠多少倍啊！为什么却在一个受尽欺凌的国家里，宣扬这种他们自己根本不准备实行的奴才哲学呢？（《萧乾文集》三卷，页三四七，四川人民出版社一九八四年版）

　　我读这段话，才明白了他后来为何那样地钟情于鲁迅。似乎找到了思想的线索。而京派的作家沈从文、废名、朱光潜等人，都和鲁迅是疏远的。这似乎可以看出一些问题。在争论激烈的二十世纪三十年代，萧乾处在一种尴尬的境地。他理解京派的立场，知道自由书写的价值。但又深知左翼的正当性。一九三六年，他参加了上海《大公报》的编辑工作，一九三八年又参与了香港《大公报》的创刊工作。能够看出他那时候的包容的态度，左右翼的文章都在此登场。他刊发的沈从文的文章引起过争论，评价不一。而那些有现实色彩的文章又遭到一些社会利益集团的抗议和封杀。这大大地刺激了他。我觉得他后来思想趋于左倾，是职业体验的结果。那时候的记者、编辑，如果不是只待在象牙塔里，一定会被反抗的情绪所左右的。

一方面欣赏反抗的艺术，对鲁迅充满敬意；一方面又主张精神的多元，尤其学术思想的多元。而在艺术上，对那些技巧好的作家情有独钟。他后来在剑桥读书的时候，就研究过现代主义的作品，倾向中自然有唯美的因素。可是那时候无论欧洲还是美国，象牙塔中出来的左翼很多。埃德加·斯诺、海伦·斯诺，以及他的好友杨刚都是。杨刚也是燕京大学的学生，在神学包围里，却没有走进基督教的信仰，而迈进左翼的路，这对萧乾的影响不可忽略。《杨刚与包贵思》一文，渗透着他的人生感慨。在优雅的读书环境里，偏偏不是雅化，非书生气，而是走进激进之路，对萧乾而言都是个刺激。革命者诞生于非革命的环境，那是有历史的必然还是别的因素，真的值得琢磨。

无疑的，萧乾的状态乃时代所逼。就精神的基本色调而言，他无法抹去燕京大学与剑桥大学给他的影响。那些影子般的存在一直在他的世界晃来晃去。二十世纪八十年代，在谈及艺术的基本问题时，他不像一些作家如丁玲那样在革命话语里陷得很深，反倒有沈从文、汪曾祺那样的温润了。

我记得他在一篇回忆剑桥大学的文章里，谈到思想自由的话题。那意思是知识界应该包容不同的派别，不必定于一尊。他文章的样子是平和的，内蕴却非同寻常的，和胡适的看法多有吻合的地方。说他是罗素理论的推销者，也未尝不对。

晚年的时候，他对艺术的形式颇为看重。那时候他翻译普鲁斯特，一定有诸多的感叹。其间的美学倾向，和当年北平的思想界的审美趣味庶几近之。后来，在文章里，他一直批评文学的八股，一再强调语言问题，连话语都与汪曾祺一样，注重的是母语的表达和艺术的出奇，而非被意识形态所缚。在《一本褪色的相册》里，萧乾一直表示出对审美问题的关注，尤其是对语言的关注，他说：

鲜活则是文学语言的生命。一句话，第一回说时俏皮，第二回说平淡了。待到第二十回，就令人生厌了。我们有些比喻、词藻，用过远不止二十回。新鲜才能产生美感。这也是文学艺术家的匠心所在。

文学语言也是个土洋结合的问题，翻译腔固然要不得，然而五四以来，现代汉语一直是在同时吸收俚语、地方语以及外国作品在语言上的表现方法中，不断丰富过来的。用二十世纪二十年代的作品同今天对照，就可发现语言不可能停滞不前，一成不变。冬烘先生读了"我们的队伍向太阳""背负着人民的希望"保管会摇头，然而多么生动有力啊！在语言创新方面，享有特权的诗人理应是先驱。

切不可在反对"为艺术而艺术"的同时，把艺术也反对掉了。颓废派、唯美派把全副精力用在语言上是要不得的，但是既然在搞文学创作，漠视语言的重要性也同样是不可取的。（《萧乾文集》三卷，页三五三）

同样是注意语言的新鲜感，汪曾祺不像萧乾那样看重创新，他似乎有点复古。复古在那时候也有创新的意味。那么说来，他们也是心心相印了吧。革命派的作家，后来和旧式京派作家的合流，是一个艺术的问题还是意识形态的问题，对文学史研究者都是一个话题。

还有个现象颇有意思。在二十世纪八十年代，萧乾在对历史的看法上，和汪曾祺很像。他们都开始回归儒家的传统，士大夫的味道多了起来。我看他在《北京晚报》上写的文章，谈北京城的保护，讲到知识分子的价值，几乎是一种语气。他在民俗学和社会学的眼光里看北京的城与人，笔下韵味十足，语言多了神采和智慧。描绘北京，他大概比汪曾祺更有资本，不仅是因为生于斯、长于斯，还因为有欧洲都市的对比，视角就奇异了。他描绘北京的文化，调子有点像老舍，可是背后的东西却和周作人的相似。他也是把京味和京派合流的人物。能够把京味和京派结合起来的，大概只有他和汪曾祺。这个现象值得研究，颇为有趣。萧乾是有过欧洲经验的人，而文字却坚持本土的特点，那是比徐志摩要精明的。在谈论建筑的时候，他没有被洋人的看法所左右，还是坚守着自己的民族立场。那就是东方的美学观。想把自己民族本然的、朗照的东西保存下来。那就和周作人民国时期的文字吻合了大半。

萧乾与汪曾祺，一辈子在左右派文化中转来转去，晚年似乎和苦雨斋的作家距离更近了。这个弯子是绕的，绕了一辈子。革命之后，才觉得诗意地栖息不是人人可以做到。革命的目的非让人一个一个金刚怒目，还应是温情与宽厚。二十世纪八十年代，萧乾、汪曾祺等人被读者喜爱，乃是温情的艺术久未出现的缘故吧。

久历革命语境的作家，能在晚年转变语态的不多。孙犁大概是一个。那是通过对明清野史札记的摄取所致，未尝没有士大夫的一面。阿英晚年的小品文几乎没有战争的血腥，反倒多了明人散文的优雅了。像唐弢这样写过战斗杂文的人，二十世纪八十年代的书话完全是静穆的流淌，也有苦雨斋主人周作人的痕迹无疑。革命是作家在现实中的选择，但那是时代使然。而知识群落内心远离暴力，崇尚自然、平淡的生活，也是一种选择，而且可能是最真切的选择。他们在左右翼的文化之间，有很大活动的空间，文学史不是铁板一块，那是对的。

　　读人，有时候不可以简单地以阶级画线，也不可以盲目用左右命名，都是有历史的根据。概念没有体温，而人是鲜活的。

二〇一〇年六月三十日

# 重审『文明等级论』

凝固的常识受到质疑而被悬置的时候，我们可能一时失语。假如有人以大量的实例告诉我们，习以为常的观念背后乃空虚的所在，意义便容易被消解到黑洞之中。这是颠覆的力量，与此相遇，将考验我们的智力。而学术研究遇到此类难题的时候，也恰是思想生长的时候。无论颠覆者还是被颠覆者，都有了一次重新自我定位的机会。

许多年间，这种颠覆我们思维的工作，大多来自域外的学者的劳作。一年前，刘禾教授告诉我，正在主编一本全球史研究的论文集。她说，这不是一般的论文结集，"而是一批原创性的学术研究（original research）的会合"。现在，我终于看到了这本《世界秩序与文明等级》，如刘禾所说，的确是一本挑战性的著作。全球史研究是我不太了解的领域，从刘禾的角度来说，她们这个团队在研究方法上与以往的史学研究不同，"它不分国别史与世界史，而是把本国的历史置于全球地缘政治的大范围中来进行互动研究，因此，本国的问题同时也是世界的问题，世界的问题也是本国的问题"（刘禾主编：《世界秩序与文明等级》，页三，读书·生活·新知三联书店二〇一六年版）。由此产生的方法必然是多学科的合作，它的过程与结果，都有非同寻常的地方。

问题不仅仅在于多学科合作，而是对于流行的观念的一次颠覆性的阐释。恰如美国学者杜赞奇（Prasenjit Duara）评价此书时所说，它"为全球史的写作，打开了强有力的新思路"（参见《世界秩序与文明等级》封底推荐语）。这是一本试图改写我们的学术地图的著作，它在几个方面质疑了流行了上百年文明秩序的合理性。不过，这也给我带来了某些困惑，一个恒定的思想存在倾斜了。至少是我，在面对它时，不能不重新把目光投向我们民族现代化的历史，我们以往的工作，没有意义了吗？

给我们带来刺激的研究常常是范式的转换。但也有旧的思想的回归。溢出与回归，是学术钟摆的状态，但大幅度的溢出和回归则引来争论。我对于此书好奇的地方很多，一是研究这个话题的作者，多是文学研究出身的。除刘禾外，梁展、赵京华、程巍、孟悦、刘大先都是国内活跃的文学研究者；二是，还原了上百年的文明观的源头，这个源头涉及欧美国家设计世界秩序的初衷，在一个不公平的话语里，欧美之外的文明怎样受到了的漠视，在此都有一个交代；三是，对于我们几代人形成的知识结构，做出了另类的描述，研究者们认为，我们近乎在用一种洋奴的词语言说存在。今天使用的概念，许多是"被近代"的产物，在这个概念里，我们的固有文明的表达受到了遏制。

在这个团队里，对于现代地理学、国际法、"亚细亚生产方式"、日本史、人类学、文学中"他者历史演变"都有深入的阐释。大量的文献透露的信息表明，西方的文明论在初期与自己的利益密切相关。在异于自己的世界里，西方人将文明设定成不同的等级，所谓野蛮、蒙昧、半开化等词语，顺理成章地成为国际秩序的依据。根据此而产生的各项法规、条约，都有等级制的痕迹。强国对于世界的分配，是从自己的文明观出发的一种选择。

刘禾与自己的团队的用意在于，这是一种文明霸权的存在，因了这样存在，世界文明的描绘出现了问题，人类的多元的、丰富的文化受到了压抑，现在已经是改变它的结构的时候了。

所有的论者都以大量资料给我们展示了知识起源性的话题。世界近代文明的起源在此得到了一种明晰的说明。文明等级论涉及的话题甚广，几乎覆盖了文化的方方面面。法律、金融、文学、军事等都在这样的逻辑里展开。刘禾《国际法的思想谱系：从文野之分到全球统治》涉及东亚的近代，文章谈及日本的时候，看出其"被现代"的尴尬。日本为了从"半文明"的耻辱身份挣脱出来，改变了自己的航线，"脱亚入欧"，进入欧美的话语体系。在一些日本人看来，向殖民宗主国的特权和经典的文明标准看齐，才是重要的。宋少鹏的《"西洋镜"里的中国女性》揭示了西洋文明论性别标准内在结构和在中国晚清的投影，以及中国女性的批判性的回应。姜靖的《世博会：文明/野蛮的视觉呈现》，告诉我们世博会背后的殖民扩张背景。梁展的《文明、理性与种族改良：一个大同世界的构想》则在民族学、人种学中看出中国晚清知识界思想变化的"虚假的必然性"。郭双林的《从近代编译看西学东渐——一项以地理教科书为中心的考察》，在文献中指出了西方文明观中的"毁灭性",其中有"殖民主义者设置的思想陷阱"。而孟悦、刘大先提供的知识视角,也在另一层面证明了类似的观点。

这里不能不提的是程巍《语言等级与清末民初的"汉字革命"》,我以为是有代表性的论文。作者从东西方学者对于汉语的不同理解,以及汉字革命产生的过程,看出强势文化对于弱小民族的压抑。每一种语言都有其存在的合理性,尤其是像汉语这样的古老的存在,它的博大精深,因了存在的封闭性而在近代遭受厄运。对于母语的自卑,造成了认知的混乱,其中语言的变革和汉字的改造成了一时的话题。比如,世界语运动对于晚清知识分子的号召力很强,这源于对我们的文化普及滞后的焦虑。中国的读书人只知道拿来这个方案,对于世界语的起源未必了解。程巍发现,世界语看似是世界主义的新梦,但发明这种语言的柴门霍夫是为了解决犹太人的安全问题而做出的创造性劳作,"所以,这位世界语的创制者同时又是一个犹太复国主义者"。(参见《世界秩序与文明等级》,页三八七)中国的知识人似乎不知或不懂这个悖论,他们拿来这些改革方案,解决的是自己的问题。

这些不同角度的叙述,直指某些认知的盲区,但也让我有了重新思考民初新文化的冲动。中国新文化运动,也是在西方近代思想启发下的一种选择。新文化运动领导者考虑的是解决内部的矛盾而采纳了域外的思想与技术。从《新青年》刊发的大量译介文章看,不都是帝国主义的逻辑,而是用西方知识分子批判、反思自己历史的文章在激励着自己。他们对于那些思想的起源和过程了解有限。从自己内部问题出发应对外部的挑战,必然忽略域外话语的逻辑层次,目的不是成为西方的一员，而是像对手一样有自由的天地。所以，我以为我们的前辈面对西方话语的时候，欣赏的是域外文明中自我调适的能力。这种调适即是一种文明批评和社会批评。

五四之前的文人讨论世界问题时，不免受帝国话语的影响，梁启超、谭嗣同的世界观中，有被文明等级论传染的部分，但五四后，特别是马克思主义理论传播过来后，情况发生了变化，既有对于帝国话语的挪用，也有对帝国思想的批判。这种复杂的表达我们今天梳理不够。刘禾团队涉及了人们认知中的空白。不过，刘禾等人的研究似乎忽视了对于文明等级论认识中的差异性，论文中缺少辩驳性的视角，这带来了认知的单一性。但必须承认的是，本书对于我们从事近现代史和近现代文学史研究的人提出挑战，我们的知识结构似乎难以回答其中的问题，可是我们必须回答这样的问题。总结起来，应当有三点：

一、我们如何看待一百年间向强国学习的历史？

二、我们如何面对我们自己的文明的内部问题？

三、我们如何激活我们民族遗产中有价值的存在？

百年间的历史，是借助西洋文明观自我选择的历史。我们的现代化进程，有时受益于外来的思想，但也受困于这样的思想。自左翼文化出现，一面学习西方，一面批判资本主义，已经成为传统。这个过程我们丧失了一些存在，也获得了一些存在。

实际上，《世界秩序与文明等级》的作者，有的暗含着这样的思路，只不过他们把思考的路向指向了另外一极。唐晓峰的《地理大发现、文明论、国家疆域》涉及帝国话语的部分，也看出来自资本主义世界的马克思主义者的批判的身影。马克思早就看到，资本主义的世界地图，其实是利益的地图，人的私欲在此都有折射。讨论文明等级论时，看到西方内部的分化与多样性演变，以及在这个演变中生成的新的精神，可能与初期的赤裸裸的逻辑不甚一致。赵京华的《福泽谕吉"文明论"的等级结构及其源流》向我们展示了问题的另一面，对日本的开化理论进行反省和批判的是日本的知识界，他们对于自己的前辈的文明论里的问题的冷思，说明强国的价值观是在多元的交汇里变化的。

对于文明等级论的批判来自西方和发达国家的知识分子，这意味着一百多年来西方文化的进化也有依托于自己的批判传统的成分。如果我们只看到西方的文明等级论里的阴谋，而无视西方自身的多元文化的碰撞和不断裂变、发展的过程，就会把我们自身的问题隐藏起来。文明是在对抗中互补互动的存在。列强带来了灾难，但也输入了他们文化中值得借鉴的遗存。一百年来中国人苦苦向西方学习，不是希望成为霸权的国度，而是建立合理的世界秩序。而文化，则在"多"通于"一"中显示自己的特色。

中国知识界百年的域外文化接受史有丰富的经验与教训，应当承认也走过一段弯路。但中国知识界对于域外文化接受中最大的收获是获得了一种批判思维。这里除了马克思主义之外，其他流派的传统都为几代人文化的认识提供了难得的参照。胡适的知识结构与李大钊不同，但对于传统的态度有惊人的一致。李大钊受马克思主义影响甚深，而胡适的精神来源有杜威的元素，两人都巧妙运用域外资源，对于新文化进行了有趣的勾勒。文明等级论在他们那里转变为文明的进化论，每个民族都可以通过学习与对比，后来居上，成为人类和谐大家族的一员。

　　这让我想起康德在《实用人类学》中对于文明国度的文化心理批判性的表述。他认为，"道德上的自我主义者是这样的人，他把一切目的都局限在自身""能够与自我主义相抗衡的唯有多元主义，亦即这样的思维方式；不是把自己当作整个世界囊括在自己的自我之中的人，而是当作一个纯然的世界公民来看待和对待"（《康德著作全集》第七卷，页一二二，李秋零主编，中国人民大学出版社二〇〇八年版）。揭示文明等级论与世界秩序建立的逻辑显得异常重要。它至少告诉我们，人类的选择有无数种可能，而非在一条路上。

　　我个人以为，这里存在着一个差异性理论，其中，有多个要点值得注意：一是应当承认文化的发展的强弱不同，弱势存在体有其产生的根源，但不能满足于状况，学习他者极为重要；二是在对话中形成自我批判的传统，必须意识到文明不是固定的存在，有盛衰之别，和变化的可能；三是在开放的视野里重塑我们古老文明中有价值的遗产，一方面不断反省我们自身的局限，一方面吸收域外的文明有价值的东西，"取今复古，别立新宗"（《鲁迅全集》一卷，页五七，人民文学出版社二〇〇五年版）①。中国学界缺少对这几种现象的深入研究，对于域外文明的过程的阐释还远远不够。在重审文明等级论的同时，既要考虑世界秩序的主奴背景，也要警惕民族主义和大中华主义演变为"政治无意识"②。中

---

　　①　高远东在《现代如何"拿来"——鲁迅的思想与文学论集》中专门讨论过类似的话题。他从日本人对于鲁迅的研究以及东亚历史中，看到鲁迅为代表的东方知识分子对西方强势文化的态度的有价值的部分，即在抵抗和拿来中，建立一种"互为主体"的文明论。

　　②　钱理群在近年的研究中，多次言及民族主义与大中华主义的危害。这个话题没有引起人们的广泛注意。

华文化的包容性和开放性，才是它的价值所在。今天我们讨论这个话题，不能不考虑这些因素。

二〇一六年六月二十五日

**图书在版编目(CIP)数据**

表达者说 / 孙郁著. -- 上海：文汇出版社，2024.8.
-- (聚学文丛 / 周伯军主编). -- ISBN 978 - 7 - 5496 -
4284 - 7

Ⅰ. Ⅰ267.1

中国国家版本馆 CIP 数据核字第 2024VN2641 号

（聚学文丛）

# 表达者说

主　　编 / 周伯军
策　　划 / 鱼　丽
篆　　刻 / 茅子良

著　　者 / 孙　郁
责任编辑 / 鲍广丽
封面装帧 / 王　峥

出版发行 / 🅼文汇出版社
　　　　　上海市威海路 755 号
　　　　　（邮政编码 200041）
经　　销 / 全国新华书店
排　　版 / 南京展望文化发展有限公司
印刷装订 / 上海颛辉印刷厂有限公司
版　　次 / 2024 年 8 月第 1 版
印　　次 / 2024 年 8 月第 1 次印刷
开　　本 / 889×1194　1/32
字　　数 / 160 千字
印　　张 / 7.375

ISBN 978 - 7 - 5496 - 4284 - 7
定　　价 / 56.00 元